MOACYR SCLIAR

A COLINA DOS SUSPIROS

26ª Impressão

© MOACYR SCLIAR 1999

COORDENAÇÃO EDITORIAL: Maristela Petrili de Almeida Leite
EDIÇÃO DE TEXTO: Marcelo Gomes
COORDENAÇÃO DA DIGITAÇÃO: Sônia Valquiria Ascoli
GERÊNCIA DA PREPARAÇÃO E DA REVISÃO: José Gabriel Arroio
PREPARAÇÃO DO TEXTO: Iraci Miyuki Kishi
REVISÃO: Roberta Oliveira Stracieri
GERÊNCIA DE PRODUÇÃO GRÁFICA: Wilson Teodoro Garcia
EDIÇÃO DE ARTE: Elizabeth Kamazuka Santos
PROJETO GRÁFICO: Anne Marie Bardot
PESQUISA ICONOGRÁFICA: *As imagens identificadas com a sigla CID foram fornecidas pelo Centro de Informação e Documentação da Editora Moderna.*
CAPA: Luiz Fernando Rubio
DIAGRAMAÇÃO: Enriqueta Monica Meyer
SAÍDA DE FILMES: Helio P. de Souza Fiho, Luiz A. da Silva
COORDENAÇÃO DO PCP: Fernando Dalto Degan
IMPRESSÃO E ACABAMENTO: Brasilform Editora e Ind. Gráfica
LOTE: 277215

Dados Internacionais de Catalogação na Publicação (CIP)
(Câmara Brasileira do Livro, SP, Brasil)

Scliar, Moacyr, 1937-
A colina dos suspiros / Moacyr Scliar.
— São Paulo : Moderna, 1999. —

1. Literatura infantojuvenil I. Título. II. Série.

99-1706   CDD-028.5

Índices para catálogo sistemático:
1. Literatura infantojuvenil   028.5
2. Literatura juvenil   028.5

ISBN 85-16-02350-8

Reprodução proibida. Art.184 do Código Penal e Lei 9.610 de 19 de fevereiro de 1998.

Todos os direitos reservados
EDITORA MODERNA LTDA.
Rua Padre Adelino, 758 - Belenzinho
São Paulo - SP - Brasil - CEP 03303-904
Vendas e Atendimento: Tel. (011) 2790-1500
Fax (011) 2790-1501
www.moderna.com.br
2018

Impresso no Brasil

*Ao glorioso S. C.
Cruzeiro, de Porto Alegre.*

*A todos os jovens que
acreditam no futebol.
E nos livros.*

4

Como Roma, Pau Seco foi construída sobre colinas, mas aí termina toda semelhança: Roma é uma cidade muito grande, Pau Seco tem, no máximo, dez mil habitantes; Roma é uma cidade antiga, Pau Seco foi fundada há pouco mais de um século, numa época em que a criação de gado dava muito dinheiro — hoje dá muito menos. Não estamos falando de uma cidade rica, bem pelo contrário: os casarões meio arruinados da rua principal falam mais de nobreza arruinada do que de empresariado bem-sucedido. Se todos os caminhos levam a Roma, apenas uma estrada leva a Pau Seco, e, diga-se de passagem, muito malconservada. Roma é um nome que até hoje impõe respeito; já a denominação Pau Seco tem sido motivo de piadas e brincadeiras, que são muito mal recebidas pelos pau-sequenses, ciosos de sua virilidade.

Pau Seco tem pouco a ver com Roma, mas tem muito em comum com outras cidadezinhas brasileiras. Você chega e lá está a praça principal, com o coreto, a prefeitura, a igreja, o Clube Comercial, a agência do Banco do Brasil e o café do seu Luís, que serve de ponto de reunião para políticos, profissionais liberais, comerciantes — enfim, os notáveis do lugar, que aliás não são muitos: ocupam no máximo três, quatro mesas do café. Ali também funcionava o cinema, que recentemente encerrou suas atividades — agora é sede de uma seita religiosa, que promete curas milagrosas aos fiéis e tormentos indizíveis aos inimigos. Cá entre nós, o fim do cinema foi lamentado por muita gente.

Pau Seco é uma cidade de poucas diversões. Afora os ocasionais bailes do Clube Comercial e uma ou outra festa típica, não há muito o que fazer. À exceção do futebol, naturalmente.

Nessa época, um passado ainda próximo, a cidade possuía dois times, entre os quais se dividia, mais ou menos igualmente, a população. A rivalidade era feroz. Os torcedores do Pau Seco Futebol Clube não suportavam a gente do União e Vitória, e vice-versa. Ambos os times participavam de campeonatos regionais e enfrentavam vários outros adversários, mas todos esses jogos eram apenas preparação para o clássico que mobilizava a atenção da cidade, o chamado Clássico das Colinas. A denominação tinha razão de ser: o estádio do União e Vitória ficava no alto da Colina de São Pedro e o do Pau Seco, na Colina dos Suspiros. Colinas bem diferentes, aliás. A do União e Vitória era mais alta, com uma bela vista sobre a cidade. Quanto à Colina dos Suspiros, tinha esse nome não por causa do sofrimento dos torcedores do Pau Seco — uma constante na vida do clube, como já se verá —, mas sobretudo por causa do cemitério.

Ah, o cemitério. Era um dos orgulhos da cidade, aquele cemitério. Não porque lá estivesse algum morto ilustre sepultado; ali repousavam vários políticos, vários fazendeiros e empresários, dois poetas, um dos quais escrevera apenas um soneto em toda a sua vida e morrera aos setenta anos. Mas os túmulos! Os mausoléus! E, sobretudo, as estátuas! O cemitério de Pau Seco era conhecido pelas estátuas. Ali estavam anjos cabisbaixos, ali estavam figuras femininas com o desespero estampado nas faces. A estatuária teve origem no trabalho de um escultor alemão, chegado a Pau Seco nos anos vinte. Esse homem fizera escola: de seu ateliê continuavam saindo, em profusão, peças em mármore e em bronze, com dimensões cada vez maiores — o tamanho da obra era proporcional ao *status* do defunto. Era famoso, o cemitério de Pau Seco — um jornal de São Paulo fizera uma reportagem a respeito — e até figurava como atração turística no folheto publicado pela prefeitura e destinado aos raros turistas que visitavam a cidade. Um detalhe curioso é que, por simples casualidade ou oculta intenção, quase todas as estátuas estavam voltadas para o oeste, para o lado do crepúsculo. E o que estava a oeste do cemitério?

A oeste do cemitério, cercado por altas árvores, ficava o estádio do Pau Seco.

Não era um grande estádio. Não primava pela beleza. Muito menos pela conservação: gramado muito maltratado, arquibancadas — de madeira — em péssimo estado. Uma situação que refletia a do clube. O Pau Seco sempre tivera altos e baixos, e a torcida mais ou menos se resignara com isso, como todas as torcidas, mas de repente a má sorte se apossara do time. Uma série de fragorosas derrotas o havia relegado a uma posição humilhante, e desse atoleiro não havia jeito de sair. Os jogadores sofriam com isso, os torcedores também, todo o mundo se queixava. Todos, menos o silencioso coronel Chico Pedro, o patrono do time.

Fazendeiro na região, o coronel praticamente sustentava o Pau Seco. Como o dinheiro das mensalidades era escasso e a renda dos jogos mais ainda, ele cobria o déficit pagando de seu próprio bolso. Em outros tempos, sua família fora das mais prósperas na região, tendo chegado até mesmo a comandar a política local, mas o coronel era o que se podia chamar de um aristocrata arruinado — volta e meia precisava vender terras para pagar dívidas e, sobretudo, para ajudar o Pau Seco. O coronel adorava futebol. Quando jovem, fora até ponta-esquerda, e não dos piores, segundo o relato dos torcedores mais antigos. Mas uma fratura mal consolidada da perna — consequência de uma queda de cavalo — tirara-o dos gramados. Desde então, assumira o cargo, aparentemente vitalício, de presidente de honra. Na prática, ele era eminência parda: nada se decidia, nenhum jogador era contratado, sem que a diretoria o consultasse.

O União e Vitória também tinha um patrono, Bento de Oliveira Machado. Diferente do coronel, não era fazendeiro, mas sim empresário, dono de uma fábrica de conservas, da empresa de ônibus local e de duas lojas. Filho de um imigrante português, Bento era olhado com desprezo pelo coronel, que o considerava um arrivista. A verdade, contudo, é que, como patrono, Bento tinha muito mais sucesso. Era rico, muito rico — o dinheiro que desembolsava em absoluto lhe pesava. Além disso, hábil como era, atraíra para a diretoria vários figurões da cidade, pessoas que detestavam a arrogância do coronel. Alguns estavam contentes com a desgraça do Pau Seco, mas não o presidente Bento. Precisamos de um adversário, ele dizia, com um maldisfarçado sorriso de satisfação. Era exatamente assim que ele queria ver o time rival: enfraquecido, mas ainda presente nos gramados. Um pouco de resistência não era mau, e ele admitia empates ocasionais — que eram apenas o prelúdio de goleadas acachapantes. O União e Vitória era, ao contrário do rival, um time bafejado pela fortuna.

Não poucas pessoas viam a má sorte do Pau Seco como resultado da funesta proximidade com o cemitério. Do campo-santo avistava-se o estádio; do

A COLINA DOS SUSPIROS

estádio avistava-se o campo-santo. Às vezes um enterro coincidia com uma partida. E, enquanto a família enlutada soluçava, espoucavam foguetes e ouviam-se os gritos dos torcedores celebrando o gol, que, em geral, não era do Pau Seco. A situação mais difícil ocorreu com o diretor de futebol do Pau Seco, Antão Rocha. Poucos dias antes de uma partida decisiva — Pau Seco X União e Vitória — o sogro dele teve um enfarte: coisa grave. O médico, doutor Medeiros, logo avisou que não garantia pela vida do homem. A família ficou muito abalada, mas, considerando que se tratava de pessoa idosa, setenta e oito anos, conformaram-se e prepararam-se para o pior. A mulher de Antão, conhecendo o fanatismo do marido pelo futebol, foi logo avisando:

— Se o enterro do papai coincidir com o jogo, você vai ao enterro. Ou então pode fazer suas malas e sair de casa.

Foram cinco dias de extrema apreensão. Às vezes parecia que o doente estava melhorando, e Antão tinha esperança de que o óbito ocorresse após o jogo; outras vezes, o estado do ancião agravava-se subitamente e aí, ao contrário, era por um desfecho imediato que Antão torcia. Incomodava tanto o doutor que este teve de lhe dizer: amigo Antão, eu sou médico, não adivinho, compreendo sua aflição, mas não posso lhe ajudar, a natureza tem desígnios que até mesmo a medicina tem de respeitar.

Essa observação só fez aumentar a ansiedade do dirigente do Pau Seco. Como que a refletir o seu estado de espírito, o céu, até aquela semana limpo, de um azul deslumbrante, agora estava carregado. Poderia chover no sábado, o que significaria um adiamento do jogo, mas só seria uma solução se o sogro falecesse naquele período. Caso contrário, dois fatores passariam a compor a incerteza de Antão: o prognóstico meteorológico e o cardiológico. Para cúmulo da desgraça, o doente chamou a família e formulou o que seria um fatídico pedido:

— Se eu morrer na sexta-feira, quero ser enterrado no sábado, na hora do jogo.

A solicitação tinha razão de ser. Como Antão, o velho era fanático por futebol — só que torcia pelo União e Vitória. Faria tudo para tirar o genro do estádio naquele dia. Antão, que não se relacionava muito bem com o sogro, não teve mais dúvidas: o homem queria despedir-se da vida pregando-lhe uma última peça. E não deu outra: faleceu na sexta-feira à tarde.

A derradeira esperança de Antão era convencer a família a realizar o enterro de manhã. Se tal aconte-cesse, ainda poderia ir ao jogo de tarde. Iria de luto, naturalmente, e com ar compungido, mas iria. De qual-quer forma estaria no estádio, torcendo, ao menos interiormente, pelo Pau Seco. Para tal, só precisaria convencer os parentes de que, ao pedir para ser en-terrado na hora da partida, o sogro já não estava no uso de suas faculdades mentais. E, de fato, o velho sempre fora considerado meio maluco.

O que jamais poderia imaginar, contudo, é que a mulher aproveitaria aquela oportunidade para se vin-gar. E, na cabeça dela, havia muito do que se vingar. Em primeiro lugar, ressentia-se do mau tratamento que, segundo ela, o marido dispensara ao pai. Verdade, tor-ciam para times rivais, mas Antão fizera coisas que ul-trapassavam qualquer medida: fora a um aniversário do velho trajando o uniforme completo do Pau Seco — camiseta, calção, meias, chuteiras, tudo —, o que pro-vocara uma crise, o sogro expulsando-o, furioso, da festa.

— O enterro será amanhã às três — anunciou ela.

Antão, que conhecia bem sua mulher, optou por não brigar. Tentou partir para o racional: não era conveniente esperar tantas horas, fazia calor, o corpo poderia se deteriorar, o melhor era providenciar o sepultamento de imediato ou, ao menos, de manhã cedo. A esposa, porém, manteve-se inflexível:

— Às três, eu já disse. E tem mais uma coisa.

Olhou-o bem nos olhos:

— Você, Antão, fará o discurso. A oração fúnebre.

Aquilo era demais. Perder o jogo por causa de um enterro — e ainda fazer a oração fúnebre?

— Sim, senhor. E quero um discurso bem bonito: você tem de mostrar para o povo de Pau Seco que aquelas histórias de brigas entre você e seu sogro não passavam de intriga. Vá pensando no que irá dizer. Você sempre se achou um grande orador. Pois agora chegou o momento de provar.

Aquela foi a pior noite da vida do pobre Antão. Não apenas a passou em claro, no velório, como de vez em quando tinha de ouvir as repreensões da esposa:

— Você não está pensando no discurso, Antão. Está pensando no jogo. Eu sei, conheço você. Mas ouça bem: ai de você se o discurso não estiver à altura do papai.

Finalmente clareou o dia e Antão foi liberado. Não para descansar, claro, mas para escrever o discurso. Tão logo saiu do cemitério, contudo, correu para a casa do seu compadre Gregório, que, como ele, fazia parte da diretoria do Pau Seco — era o diretor financeiro — e que tinha fama de ser homem hábil, habilidade sendo o requisito mínimo para a difícil posição que ele ocupava. Àquela hora, seis da manhã, o portão da casa ainda estava fechado, os moradores provavelmente ferrados no sono. Mas Antão não queria saber de nada, precisava falar urgentemente com Gregório. Com sacrifício pulou o muro, e imediatamente foi acuado pelo feroz Golias, o cão-de-guarda, de raça indefinida, mas sem dúvida com péssimos antecedentes. Sou da casa, Golias, sou amigo de seu dono, a gente torce para o mesmo time, o Pau Seco, grande Pau Seco, Golias — Antão conseguiu escapar do mastim e foi bater à janela do compadre.

— Acorda, Gregório. Preciso falar urgente com você. Por favor, Gregório.

Passaram-se uns bons dez minutos antes que um irritado e sonolento Gregório abrisse a janela:

— O que houve, Antão? O que você quer a estas horas?

— Meu sogro morreu, Gregório.

— E daí? — Gregório, irritado. — O velho estava bichado mesmo. Até que durou muito. De mais a mais, você não gostava dele.

— Não é isso, Gregório. O problema é o enterro.

— O que é que tem o enterro?

— É às três, Gregório. Às três da tarde.

— Às três da tarde? — Gregório não podia acreditar no que estava ouvindo. — Na hora do jogo? Mas quem é que inventou essa imbecilidade?

— Minha mulher, Gregório. Você sabe, ela é a filha mais velha, ela é quem decide.

— Ela decide? Mas você não é o chefe da família, Antão? Quem é que manda em sua mulher?

Quase em lágrimas, Antão explicou que a coisa era irreversível: o enterro sairia de qualquer maneira na hora do jogo. Gregório suspirou:

— E o que você quer, então?

— Quero sua ajuda, Gregório. Você é um homem habilidoso...

— Sei, sei — Gregório conhecia bem aquela ladainha: ouvia-a da diretoria sempre que o Pau Seco precisava de dinheiro. — E qual é o seu plano?

Antão hesitou. Finalmente, criou coragem:

— A gente tem de adiar o jogo.

— O quê? — Gregório arregalou os olhos. — Adiar o jogo? Você está louco, Antão! Está completamente louco! Adiar o jogo? O clássico da nossa cidade? De onde é que você tirou essa ideia maluca?

Mas Antão insistiu. Queria que Gregório fosse com ele conversar com o coronel Chico Pedro:

— Você é jeitoso, Gregório. Pode convencer o velho. Você sabe que ele tem poder para decidir essas coisas, o pessoal do União e Vitória não vai ter coragem de contrariá-lo. Por favor, Gregório, vamos lá.

Tanto insistiu que Gregório acabou se apiedando dele: vestiu-se, e os dois foram, de carro, até a fazenda do coronel, a dez quilômetros dali.

Homem do campo, madrugador, o coronel já estava acordado, sentado na varanda da fazenda. Aguardava, naturalmente, a hora do jogo.

— Coronel — disse Gregório com seu melhor sorriso, aquele que usava para falar com o gerente do banco ou com os jogadores quando estavam com o pagamento atrasado —, nosso amigo Antão tem uma coisa a lhe pedir.

— Diga — o coronel, impassível.

Vacilante, gaguejando muito, Antão contou que o sogro tinha falecido e que a mulher marcara o enterro para o mesmo horário do jogo. O coronel ouviu-o e, depois de um instante em silêncio, perguntou:

— Muito bem. Seu sogro morreu, o enterro é hoje à tarde. O que você quer de mim?

Antão teve de respirar fundo e criar coragem antes de arriscar a pergunta:

— Será... Será que o senhor não podia ordenar o adiamento do jogo, coronel? O senhor vê, o enterro na mesma hora...

O coronel nem vacilou:

— Não.

— Mas, coronel...

— Eu já disse: o jogo vai sair hoje, na hora marcada — levantou-se. — E estamos conversados.

Quando o coronel dizia "estamos conversados", como bem sabiam Antão e Gregório, qualquer assunto estava automaticamente encerrado. Portanto despediram-se, entraram no carro e voltaram. Antão acabrunhado, Gregório furioso.

— Eu disse que não adiantaria nada, que o velho é teimoso como uma mula. Mas não, você tinha de insistir. Fiquei mal, Antão. Agora, quando tiver de arrancar dinheiro dele vai ser um parto.

Deixou o amigo na porta de casa e arrancou, sem ao menos se despedir. Durante uns instantes Antão ficou ali, sem coragem para entrar e para enfrentar o rolo que o aguardava. Finalmente abriu a porta — e deu de cara com a esposa, furiosa:

— Onde é que você estava, Antão?

Ele murmurou qualquer coisa sobre ter passado na farmácia para tomar uma injeção. Era mentira, a esposa sabia disso — há anos o marido lhe contava historinhas parecidas — mas ela nem perdeu tempo em desmascará-lo: quis saber do discurso. E — vou falar de improviso — respondeu Antão, exausto. — Me deixa em paz.

A consorte olhou-o, furibunda, mas optou por aceitar a desculpa:

— Muito bem. Mas ai de você se o discurso não sair bem.

Às três em ponto o féretro saiu da capela mortuária para o cemitério. Não havia muita gente: só os parentes mais próximos. Outros tinham dado as desculpas mais variadas, mas seguramente se encontravam no estádio, que já estava cheio. Coração apertado, Antão mirava os alegres torcedores, agitando faixas e bandeiras. Os que estavam nas arquibancadas próximas ao cemitério até acenavam para ele.

O caixão na cova, todos se voltaram para Antão. Era o momento da oração fúnebre. Por um instante, ele olhou os parentes, meio aparvalhado, sem saber o que dizer. Daí veio a inspiração: subitamente ele se dava conta de que faria, sim, um discurso como jamais tinham ouvido em Pau Seco, um discurso para ficar na história da cidade. Respirou fundo, e começou. Disse que o fato de o enterro se realizar na mesma hora não era mera coincidência. Não, aquilo era desígnio divino:

— A vida deste homem, senhoras e senhores, foi um verdadeiro jogo de futebol, uma peleja arduamente disputada. Ele veio vindo lá da linha de fundo que foi sua infância pobre, desamparada, ele avançou pela lateral, arranjando um empreguinho aqui e ali, ele foi subindo na vida, driblando os concorrentes, e quando ele se viu frente a frente com o Grande Goleiro, que é o nosso Criador, ele chutou forte e —

Nesse momento o estádio explodiu: era o gol. Antão não se conteve. Correu até o muro do cemitério...

Gol do União e Vitória, naturalmente.

Depois de ter dado a volta por cima com aquele discurso notável, depois de ter mostrado a sua grandeza, Antão era derrotado no último momento. Ah, velho bandido, murmurou, e voltou lentamente, com os parentes a olhá-lo entre assustados e revoltados. Em casa vamos ajustar as contas, murmurou a mulher, entredentes. Antão não se importava: depois de mais uma derrota, nada mais lhe interessava. Tudo o que podia esperar era que alguma coisa mágica acontecesse, revertendo de repente a má sorte do Pau Seco.

Vã expectativa. O Pau Seco ia de mal a pior e terminou aquele ano na lanterninha do campeonato regional. O desânimo entre os torcedores era generalizado, a diretoria já não sabia que explicações inventar. Quanto aos jogadores, a má vontade era evidente, principalmente porque estavam com os salários atrasados. Para cúmulo dos azares o clube passava por uma péssima situação financeira, e nem o patrono podia ajudar. Criador de gado, o coronel não estava muito bem de dinheiro: o preço da carne caíra, ele não obtinha muito sucesso nas vendas. Ouvia em silêncio os apelos da diretoria, mas dizia que nada podia fazer.

Foi aí que entrou em cena o doutor Ramiro.

Tratava-se de uma figura bem conhecida na cidade. Baixinho, gordinho, meio calvo, bigodinho, sempre usando um vistoso traje listrado e uma gravata, o doutor Ramiro era uma presença constante no café, nas festas e nas inaugurações. Não importando quem fosse o prefeito, sempre apoiava quem estivesse no poder. De onde vinha o título de doutor, ninguém sabia, porque o doutor Ramiro não era de Pau Seco, mas sim, segundo ele mesmo dizia, da capital, o que era equivalente a um título de nobreza. Por que escolhera Pau Seco para morar era outro mistério, mas o fato é que acabara arranjando um cargo muito importante, o de administrador do cemitério.

Administrar o cemitério em princípio não era uma tarefa difícil, mesmo porque o coveiro José, mais conhecido como Juca-Segura-Defunto, cuidava do lugar como se fosse sua própria casa. Aliás, era sua casa: morava num chalezinho nos fundos do campo--santo. José conhecia cada túmulo, podia falar horas sobre seus ocupantes — e *com* os ocupantes. Volta e meia era surpreendido batendo um animado papo com os mortos: ah, seu Jorge, as coisas por aqui vão muito mal, o senhor fez muito bem em deixar esta vida, eu só fico aqui porque alguém tem de cuidar do cemitério, senão teria ido também.

José mantinha o cemitério muito limpo, providenciava pequenos consertos, avisando as famílias quando se tratava de um reparo maior. Era com ele que as pessoas combinavam os detalhes dos sepultamentos. Quanto ao doutor Ramiro, administrava, quer dizer, assinava a pouca papelada que havia, supervisionava a contabilidade, que nada tinha de complicado, e, principalmente, planejava.

Planejar era uma coisa que o doutor Ramiro adorava fazer, sobretudo no café, e mais ainda se houvesse gente a escutá-lo. Expunha então suas ideias com o fervor de um profeta bíblico subitamente convertido em *manager*.

— Precisamos nos preparar para o futuro — dizia, em altos brados. — O novo ano vem vindo aí, e tudo vai mudar, inclusive os cemitérios.

E o que teria de mudar no cemitério de Pau Seco? Muita coisa, segundo o doutor Ramiro. Em primeiro lugar, já estavam enfrentando o crônico problema das cidades dos mortos: a falta de espaço. Criado no mesmo ano da fundação da cidade, que já completara um século, o cemitério revelava-se pequeno; qualquer epidemia, por pequena que fosse, qualquer desastre de proporções um pouco maiores, esgotaria sua capacidade.

Mas não era só isso. O doutor Ramiro pensava em um novo conceito de cemitério. Este era um projeto que ele vinha acalentando há muito tempo e que era objeto de muitas reuniões entre ele e o Cardim, um construtor que habitualmente fazia casas modestas, mas que também tinha sonhos grandiosos. Para o doutor Ramiro, os cemitérios padeciam de um defeito fundamental: eram pensados na horizontal, um túmulo ao lado do outro. Ora, assim nunca haveria espaço que chegasse. Sua tese era outra: os cemitérios deveriam crescer, como os prédios de apartamentos, na vertical. Mas as pretensões do doutor Ramiro não se esgotavam aí. Não, o que ele queria, em se tratando de cemitério, era construir um monumento arquitetônico que rivalizasse — por que não? — com as pirâmides do antigo Egito. Assim nascera a ideia da Pirâmide do Eterno Repouso.

A Pirâmide combinaria grandiosidade com espírito prático: uma gigantesca estrutura, com lugar para centenas de jazigos perpétuos. O acesso aos jazigos se faria de duas maneiras: por um sistema de viaturas, espécie de bondinhos que transitariam por planos inclinados, e também por elevadores internos. O interior da Pirâmide seria oco, mas nenhum espaço se perderia: ali funcionariam as capelas, e também lojas de

A COLINA DOS SUSPIROS

artigos funerários, além de lanchonetes e lojas de conveniência. A forma de pirâmide permitiria não apenas a economia de lugar mas também a hierarquização dos sepultamentos. Assim, na base seriam enterradas as pessoas mais simples, em jazigos de preços acessíveis; à medida que se ascendesse, os preços — e a importância dos lugares — aumentariam; no ápice seriam sepultadas apenas as pessoas mais gradas, políticos, empresários, profissionais liberais conhecidos da cidade ou de outros lugares. Sim, porque o doutor Ramiro tinha a esperança de transformar a Pirâmide num lugar conhecido, capaz de conferir *status* às pessoas lá enterradas. Mais: queria que fosse uma atração turística. Imaginava turistas vindo de todas as partes do mundo para conhecer o lugar. Se cemitérios como o Père Lachaise, em Paris, eram famosos a ponto de figurar em guias turísticos, por que não a Pirâmide do Eterno Repouso?

Obviamente o doutor Ramiro não estava pensando só nos mortos ou em suas famílias. Um novo cemitério representaria a sua consagração: poderia até passar para as páginas da história como o criador de um novo conceito em sepultamento. Mas não pretendia tanto; bastava-lhe o prestígio local. Se, com base na obra, pudesse se candidatar a prefeito, e depois, quem sabe, a deputado estadual, já estaria satisfeito. Sou um homem modesto, repetia constantemente aos amigos que de há muito ouviam os seus planos. Planos grandiosos, sim, mas que nunca se transformavam em realidade.

Eram vários os obstáculos. Em primeiro lugar tratava-se de uma obra cara. O doutor Ramiro contava obter dinheiro vendendo, ainda na planta, jazigos perpétuos. Mas para isso precisaria de uma coisa mais

19

concreta, não apenas de um projeto. E aí vinha o segundo problema: o terreno. Nos arredores de Pau Seco ele poderia conseguir um bom lugar, mas o que ele tinha em mente era outra coisa: queria levantar a Pirâmide junto do antigo cemitério. O novo e o velho unidos. O arrojo da modernidade e as clássicas estátuas do escultor alemão. Em outras palavras: o doutor Ramiro pretendia construir seu cemitério no estádio do Pau Seco.

Essa possibilidade ele já mencionara algumas vezes em bate-papos no café. Os torcedores do Pau Seco tinham reagido com tanta indignação que ele, prudentemente, resolvera esperar uma ocasião propícia.

Que agora se apresentava. O Pau Seco estava tão mal de dinheiro que a diretoria talvez acolhesse sua proposta, como forma de equilibrar as contas. Encontrando o compadre Gregório na rua, o doutor Ramiro sondou-o a respeito. Para sua grata surpresa, a reação do diretor financeiro foi cautelosa, mas não desfavorável:

— É uma coisa a ser estudada — disse Gregório.

Prometeu levar o assunto à diretoria, que, naquela época de crise, estava reduzida a quatro pessoas: ele mesmo, Antão, diretor de futebol, Ranulfo, diretor social e primo solteiro de Antão, que gostava de se vestir bem e estava sempre cantando as moças da cidade, e, finalmente, o contador Sezefredo, o Seze, que era o diretor administrativo.

Reuniram-se, pois, com o doutor Ramiro na casa de Gregório — a coisa por enquanto deveria ficar em segredo. O administrador do cemitério trouxe consigo uma pasta cheia de plantas e de desenhos grandiosos, um dos quais mostrava a Pirâmide, com o ápice envolto em nuvens, erguendo-se majestosa da Colina dos Suspiros. Antão e Ranulfo mostraram-se impressionados, mas Gregório e Seze, mais práticos, queriam saber em que base seria feito o negócio. O que tinha o doutor Ramiro a oferecer?

Não muito.

Como o clube, o cemitério estava mal de finanças. Dispunha de uma propriedade — um grande terreno, onde o Pau Seco poderia construir o seu novo estádio — e algum dinheiro. Mas era só. Isso, contudo, não arrefecia o entusiasmo do doutor Ramiro.

— O que estou propondo aos senhores é que partilhem de nosso sonho. Pensem grande, sejam arrojados: unam-se ao projeto Pirâmide do Eterno Repouso!

Na prática, aquilo significava o seguinte: o Pau Seco receberia parte do pagamento não em dinheiro, mas em jazigos perpétuos, que depois poderiam ser comercializados com sucesso.

— O jazigo perpétuo — explicava o doutor Ramiro — é uma grande invenção. A família não precisa se afligir na hora de enterrar o defunto. E tem mais: é um investimento, porque essas coisas valorizam. Em vez de botar dinheiro na poupança, o cara compra uns três, quatro jazigos e mais tarde revende com lucro.

A argumentação parecia razoável, mas os membros da diretoria tinham suas dúvidas. Mesmo que os tais jazigos alcançassem bom preço, seria necessário vender muitos deles para obter o dinheiro de que o Pau Seco precisava. O doutor Ramiro, porém, insistia: os jazigos seriam comercializados como pão quente. Era uma inovação sensacional. Além disso, ele estava contratando os serviços de um publicitário da capital, um gênio da propaganda.

— Ele até já escreveu o texto do prospecto que vamos distribuir. Escutem só que maravilha.

Tirou da pasta uma folha de papel datilografada e leu:

"No antigo Egito só os faraós podiam ter enterros suntuosos. Hoje, este luxo está ao alcance de qualquer pessoa: na Pirâmide do Eterno Repouso seu ente querido terá um sepultamento condigno, dentro de um projeto arquitetônico arrojado e aparelhado com todas as conquistas da moderna tecnologia. E você estará participando de um empreendimento que projetará mundialmente a cidade de Pau Seco. Pirâmide do Eterno Repouso: um grande salto para o futuro. Um voo para a eternidade."

Mirou os interlocutores:

— Então? O que acham?

Os diretores balançaram a cabeça, aprovando. Realmente o prospecto parecia bem bolado. Porém não lhes resolvia o problema: precisavam de dinheiro, e logo; a quantia que o cemitério lhes oferecia não era suficiente.

— Mas os jazigos são dinheiro — repetia o doutor Ramiro. — Isto é um cheque ao portador. Vocês podem, por exemplo, pagar os fornecedores com eles. Garanto que vão pegar com as duas mãos.

Os quatro diretores retiraram-se para um canto, para deliberar. Durante uma boa meia hora discutiram, em voz baixa, porém acaloradamente, enquanto o doutor Ramiro, impaciente, aguardava. Por fim, retornaram à mesa e se sentaram.

— Nós vamos apresentar a proposta ao nosso patrono, o coronel Chico Pedro. Não podemos decidir nada sem ouvi-lo.

O doutor Ramiro não gostou. Suspeitava que o coronel, homem conservador e autoritário, rejeitaria a ideia. Mas não tinha escolha, de modo que, forçando um sorriso, apressou-se a concordar:

— Claro, claro. Falem com o coronel. E levem esta pasta. Tenho a certeza de que, quando ele olhar o projeto, vai concordar na hora.

Os diretores entraram no carro de Gregório e foram para a fazenda.

Encontraram o coronel, como de costume, sentado na varanda. E sua expressão não era das mais amistosas: adivinhava que os recém-chegados vinham lhe falar das dificuldades do Pau Seco. Gregório apressou-se, pois, a informar:

— Não é dinheiro, coronel. Queremos o seu parecer sobre uma proposta que nos foi feita.

— Tomem assento — disse o patrono, seco como sempre — e desembuchem.

Sentaram-se todos. Gregório abriu a pasta e começou a falar do projeto, mostrando plantas e desenhos. O coronel interrompeu-o:

— Espere aí. Você disse que esse tal de Ramiro quer construir um cemitério no nosso estádio?

— Não é um cemitério comum, coronel, é a Pirâmide do Eterno Repouso, uma coisa muito diferente, uma coisa sem igual, um novo conceito —

— Não precisa explicar — cortou o coronel. — Não sou idiota, já entendi. É mais uma destas frescuras que estão inventando por aí. Pois eu quero dizer que sou contra. O meu apoio vocês não terão. Fui claro?

Normalmente aquilo teria encerrado a conversa. Os diretores teriam se levantado e ido embora, porque ninguém podia contradizer o coronel. Mas agora a situação estava tão difícil que Gregório ousou ponderar:

— Desculpe, coronel, mas, como o senhor já sabe, estamos muito mal de finanças, e esta é a única chance que temos de arranjar algum dinheiro. Eu sei que não é a melhor alternativa, mas peço-lhe, em meu nome e em nome de meus colegas aqui presentes, que o senhor reconsidere a sua decisão.

Terminou de falar e calou-se, assustado com a própria audácia. Para surpresa de todos, contudo, o coronel reagiu com calma:

— Muito bem. Os senhores estão administrando o Pau Seco, os senhores decidem. Eu ficarei neutro. Mas depois não venham dizer que eu não avisei. Não gosto dessa história, mas não posso fazer diferente. Agora, com a licença dos senhores, tenho outros compromissos.

Estava encerrada a audiência. Os diretores saíram dali aliviados. Não satisfeitos, naturalmente, porque a incerteza permanecia, mas contentes com a aprovação tácita do patrono do Pau Seco. Voltaram para a casa de Gregório, discutiram mais um pouco e resolveram adotar uma precaução adicional: submeteriam o assunto à assembleia geral. Àquela altura os sócios — pelo menos os que estavam em dia com as mensalidades — não passavam de trinta ou quarenta, de modo que não seria difícil reuni-los. E aí a decisão seria definitiva. O doutor Ramiro, avisado, resolveu preparar-se muito bem. Trouxe da capital, e para isso teve de lançar mão de suas economias, o publicitário que o assessorava. A esse homem caberia a apresentação do projeto. O publicitário veio, mas pediu uns dias para preparar a tal apresentação.

— Quero fazer as coisas em grande estilo — anunciou.

A COLINA DOS SUSPIROS

E foi o que aconteceu. A começar pelo local, o Salão Nobre da Prefeitura Municipal, um recinto solene, guarnecido de cortinas vermelhas e de retratos dos antigos prefeitos. Na fatídica noite o salão, que não era grande, lotou: os pau-sequenses acorreram em massa, ansiosos para saber o que seria feito no estádio do clube.

O evento começou às vinte horas em ponto. Ao som de um hino triunfal entraram no salão o publicitário — um homem alto, elegantemente vestido, usando uma gravata moderna, porém não ousada demais — e o doutor Ramiro, que não cabia em si de satisfação. Na qualidade de diretor social, Ranulfo apresentou o visitante, que falaria sobre a Pirâmide do Eterno Repouso.

Apagaram-se as luzes e surgiu, projetada sobre uma tela, a imagem da Pirâmide, tal como ficaria depois de pronta. Ali estava a gigantesca construção, tendo ao fundo a cidade de Pau Seco. Um murmúrio de incontida admiração elevou-se do público.

— Senhoras e senhores — anunciou o publicitário, na sua bela voz de barítono —, o que estão vendo é o futuro feito realidade.

Na meia hora que se seguiu, com auxílio de vistosos *slides* ele foi explicando como ficaria o projeto. Quando terminou, foi saudado com uma salva de palmas. O prefeito, candidato à reeleição, pediu a palavra para dizer que a Pirâmide do Eterno Repouso era um marco na história de Pau Seco, até mesmo porque ajudaria um glorioso clube a reerguer-se. Nem mesmo os vereadores da oposição ousaram discordar. No final, a assembleia geral dos sócios aprovou o projeto praticamente por unanimidade.

Havia ainda uma questão a ser resolvida: onde jogaria o Pau Seco? O doutor Ramiro tinha uma resposta: o cemitério daria um terreno para a construção do estádio. Enquanto este não fosse concluído, o time poderia usar o campo do União e Vitória, magnanimamente cedido pelo patrono, Bento de Oliveira Machado, no fundo deliciado com a situação.

O contrato foi assinado. Ao Pau Seco caberia uma grande quantidade de jazigos perpétuos. Os diretores, que não tinham se dado conta do número, mostravam-se agora, satisfeitos mas um tanto apreensivos.

— O que é que a gente vai fazer com tanta sepultura? — perguntou Antão.

— Não sei — respondeu Gregório. — Acho que temos de torcer para haver uma epidemia. Caso contrário vai ficar tudo encalhado.

O doutor Ramiro, como sempre, tinha uma sugestão:

— Em primeiro lugar, paguem quem vocês puderem pagar com os jazigos. Os fornecedores na certa vão ficar satisfeitos. Para quem não ia receber nada, uma meia dúzia de túmulos já é bastante.

— Mas ainda vai sobrar muito jazigo — ponderou Antão.

Ramiro pensou um pouco. E então, seu rosto se iluminou. Tivera uma ideia brilhante, sem dúvida:

— Comprem passes de jogadores.

Os diretores se olharam. Passes de jogadores, aquilo vinha bem. Se pudessem contratar algum craque novo, alguma figura de fora que animasse a torcida... Mas, comprar um passe com túmulos? Quem aceitaria?

Aí o destino ajudou.

Um time da vizinha Rio Vermelho, cidade bem maior e mais próspera, queria vender o centro avante. Tratava-se de um jogador conhecido como Bugio, trinta e oito anos, que tinha certa reputação como atleta esforçado. Antão Rocha foi até Rio Vermelho e procurou o jogador na modesta casinha em que morava.

Bugio, de fato, estava desiludido com o time no qual jogava, portanto estudaria qualquer proposta. Sabia que o Pau Seco estava mal, mas não se importava.

— Quero que vocês comprem o meu passe de qualquer jeito — disse.

Cautelosamente, Antão Rocha introduziu a questão dos jazigos perpétuos. A princípio Bugio, homem simples, descendente de escravos, não entendeu bem. Mas quando Antão Rocha falou na Pirâmide do Eterno Repouso, arregalou os olhos:

— Mas então é túmulo! É coisa para botar morto dentro!

Antão Rocha ainda tentou ponderar que entre jazigo perpétuo e túmulo comum havia diferença, mas Bugio, cabeça baixa, já não o ouvia. Por fim, encarou o diretor de futebol, os olhos cheios de lágrimas:

— Nunca pensei que meu passe seria trocado por túmulos. Mas se é a vontade de Deus, que assim seja.

Naquele mesmo dia Antão Rocha acertou os detalhes com os dirigentes do Rio Vermelho Esporte Clube, que receberia pelo passe de Bugio dez jazigos perpétuos. A Bugio caberiam cinco jazigos. Finalmente, e ainda como parte do acordo, seria realizada uma partida entre o Pau Seco e o Rio Vermelho, cuja renda iria para este último.

Antão voltou triunfante a Pau Seco. Pelo jeito, a sorte do clube começava a mudar. Em reunião da diretoria, decidiram que receberiam Bugio em grande estilo; fariam da chegada dele uma verdadeira celebração para mostrar aos torcedores que uma nova fase estava começando.

Bugio chegou três dias depois, de ônibus. Havia, de fato, uma pequena multidão na estação rodoviária: eram os diretores, os torcedores, e mais uma claque que o doutor Ramiro, muito interessado em divulgar o assunto dos jazigos, tinha providenciado. Bugio desembarcou com a mulher, Maria Aparecida, que, pelo jeito não estava gostando daquele carnaval, pois mal cumprimentou os membros da diretoria. O casal tinha uma filha, Isabel, que não veio: estava estudando em Rio Vermelho.

Aparentemente intimidado com aquela confusão toda, Bugio conseguiu dirigir à torcida umas poucas e gaguejadas palavras, garantindo que daria tudo de si pelo novo time. Antão, por sua vez, aproveitou a oportunidade:

— Desejo convidar todos para o jogo do domingo.

Pausa.

— Como sabem, é a última partida a ser disputada em nosso estádio. Logo em seguida começarão as obras da monumental Pirâmide do Eterno Repouso, que será o cartão-postal de nossa cidade. Venham, portanto, todos para se despedir do campo onde o nosso time viveu tantas glórias.

No domingo o estádio estava quase cheio. Vários ônibus tinham vindo de Rio Vermelho, e a torcida do Pau Seco, atendendo ao pedido da diretoria, estava ali em peso, sem falar nos torcedores do União e Vitória, curiosos por ver o tal de Bugio.

Quando o jogador entrou em campo, foi saudado com palmas e gritos. Mas parecia muito perturbado; o técnico chegou a perguntar se ele estava se sentindo mal.

— Estou bem — disse Bugio. — Não se preocupe.

Não satisfeito, o velho Otávio chamou o diretor de futebol:

— Seu Antão, para mim esse cara não está bem.
Antão olhou o jogador de futebol:
— Dá para jogar, Bugio?
O homem forçou um sorriso:
— Claro que dá. O seu Otávio está se preocupando por nada. Dá para jogar, sim.
— Tudo bem — disse Antão —, ele entra em campo. É o nosso prestígio que está em jogo.
Nesse momento aproximou-se o repórter da Pau-Sequense, a rádio local. Vinha entrevistar o novo contratado.
— Como é que você se sente — perguntou, com ar de galhofa — jogando num estádio que breve vai ser transformado em cemitério?
Respiração opressa, suando muito, Bugio mal conseguiu responder.
— Jogo é jogo, não importa o lugar. E eu vou jogar.
Não haviam decorrido ainda quinze minutos, quando ele se apossou de uma bola no meio do campo e partiu célere para o ataque, mas de repente se deteve, levou a mão ao peito, soltou um grito de dor e caiu pesadamente.
Estava morto. "Infarte", diagnosticou o médico. Um problema que evoluíra silenciosamente. Bem, não tão silenciosamente assim. Há tempos Bugio vinha tendo dor no peito. Maria Aparecida insistira para que ele consultasse um médico, mas ele se recusara, temendo não ser contratado pelo Pau Seco se algum problema existisse.

A morte de Bugio deu manchete nos jornais do centro do país e deixou consternada a população de

Pau Seco, incluindo os torcedores do União e Vitória, que até se mostraram solidários com os adversários tradicionais. Muita gente simpatizava com Bugio. Jogador apenas mediano, ele sempre fora à luta com determinação e honestidade. Uma figura exemplar.

Em reunião extraordinária, a diretoria do Pau Seco decidiu que o jogador teria um sepultamento condigno. Seriam convidados o prefeito, os secretários municipais, os vereadores, várias pessoas importantes. Estavam elaborando a lista de autoridades quando Gregório lembrou-se de perguntar:

— Mas onde é mesmo que ele vai ser enterrado?

Todos se olharam. E, ao se olharem, deram-se conta do rolo que estava armado.

Bugio tinha direito a um jazigo perpétuo na Pirâmide do Eterno Repouso. Um jazigo onde ele próprio seria sepultado, segundo constava no contrato. Até o lugar tinha sido predeterminado na planta.

Estava criado o problema. O jazigo não existia. E não existia pela simples razão de que a Pirâmide do Eterno Repouso não saíra do chão; continuava em projeto.

— E agora? — perguntou Ranulfo, aflito. — O que é que a gente faz?

— Vamos chamar o Ramiro — decidiu Antão. — Ele criou a confusão, ele que a resolva.

Ranulfo fez a ligação:

— Alô, Ramiro, aqui é o Ranulfo, diretor social do Pau Seco. Como vai você, tudo bem? Aqui tudo mais ou menos, Ramiro. Estamos com um probleminha, você sabe que o Bugio faleceu e nós precisamos enterrá-lo, e ele tem direito a um jazigo... Pois é... Nós queríamos conversar com você, Ramiro... Como é? Ah, sim...

A COLINA DOS SUSPIROS

Colocou a mão no bocal do telefone.

— Ele diz que gostaria muito de vir aqui, mas que de momento não pode, está em reunião...

— Reunião, porra nenhuma! — explodiu Antão. — Diz a ele que, se não vier em cinco minutos, eu vou lá e trago ele a tapa.

— Mas —

— Diz!

Ranulfo suspirou. Voltou ao telefone:

— Escuta, Ramiro, o Antão diz que se você não chegar em cinco minutos ele vai até aí e traz você a tapa. Palavras dele, estou só repetindo. Como é? Está bom, nós esperamos.

Pôs o telefone no gancho.

— Ele está vindo para cá.

Cinco minutos depois, esbaforido, chegava o doutor Ramiro. E foi logo dizendo que era um prazer estar ali, pena que o momento não fosse dos mais agradáveis, uma desgraça o que tinha acontecido.

— Para com essa conversa fiada — ordenou, ríspido, Antão. — A questão que interessa agora é: onde é que você vai enterrar o Bugio?

O doutor Ramiro pigarreou.

— Está aí uma boa questão... Como os senhores sabem, a Pirâmide do Eterno Repouso é o meu mais caro projeto, e sempre esperei pelo momento em que lá faríamos o primeiro sepultamento. Mas as coisas nem sempre correm como a gente imagina —

Antão deu um murro na mesa.

— Chega! Chega de besteira! Escuta aqui, homem: o morto está lá no velório e daqui a pouco temos de enterrá-lo. Responda: onde é que você vai meter o cadáver?

Outro talvez entrasse em pânico ao se ver assim encurralado. Não o esperto Ramiro. Como sempre, ele tinha uma solução:

31

— Não há problema. Nós enterramos o Bugio no cemitério velho.

— Mas — protestou o diretor administrativo Sezefredo — você sempre diz que o cemitério está lotado!

— Verdade — acrescentou Antão. — Aliás, não foi por isso que você inventou essa tal de Pirâmide? Não foi por isso que você nos convenceu a lhe vender o estádio de nosso clube?

O doutor Ramiro teve de explicar. Respondeu que sim, que teoricamente o cemitério velho estava lotado; como bom administrador, contudo, tinha uma reserva técnica, e agora recorreria a ela.

— Podem deixar comigo, eu arranjo um cantinho para o coitado do Bugio.

Os diretores do Pau Seco aceitaram a proposta. Mas ainda faltava o mais difícil: obter o consentimento da viúva de Bugio. Conhecida nos meios futebolísticos pelas brigas que arrumava com os cartolas, Maria Aparecida vivia dizendo: não suporto esses parasitas, só pensam em explorar os jogadores. Jamais partilhara a paixão do marido pelo futebol; ao contrário, sempre achara que aquilo era coisa para vagabundo. A morte do pobre Bugio, em pleno estádio, fora um choque, mas não uma coisa inesperada: ele insistira em continuar jogando, apesar da idade; pagara o preço de sua imprudência. Mais culpados que Bugio, porém, eram os diretores do Pau Seco. Quem alimentara as falsas esperanças do coitado, senão eles?

Os diretores prepararam-se, portanto, para o pior. Mas nem eles podiam imaginar o que ia acontecer.

Todos juntos dirigiram-se ao velório de Bugio, que estava sendo realizado na casa do jogador. Era

A COLINA DOS SUSPIROS

tarde quando chegaram. Pouca gente ali: alguns torcedores, alguns amigos, a viúva, a filha Isabel. Os diretores dirigiram-se diretamente a Maria Aparecida.

— Senhora Maria Aparecida — disse Ranulfo —,
estamos aqui para apresentar nossas condolências. Queremos lhe dizer que a lembrança de seu marido estará
sempre conosco. Nunca esqueceremos o que ele fez
pelo clube. Seu marido, dona Maria Aparecida, foi um
verdadeiro mártir do futebol...

Ela escutava quieta. Ominoso silêncio, o dela; não
prometia nada de bom. Inseguro, Ranulfo prosseguiu:

— Como é de seu conhecimento, o seu esposo
deveria ser enterrado no novo cemitério, num jazigo
perpétuo a que tinha direito por contrato. Acontece,
porém, que o novo cemitério ainda está em projeto.
Examinando o assunto, a diretoria concluiu que o lugar não está à altura do que o seu marido merece. De
modo que —

— Não me interessa — atalhou, seca, Maria Aparecida.

— Como? — Ranulfo não podia acreditar no que
tinha ouvido: nunca recebera uma resposta assim. Nem
de jogador e muito menos de mulher de jogador.

— Você ouviu — a voz de Maria Aparecida agora
ia num crescendo ameaçador, e as pessoas que estavam
por ali se viraram para ver o que estava acontecendo.
— O clube de vocês prometeu um jazigo perpétuo para
o Bugio. É o que eu quero: um jazigo perpétuo.

— Mas a senhora não está entendendo...

— Estou entendendo muito bem — gritou ela.
— Estou entendendo bem demais. Enquanto o Bugio
estava vivo, ele interessava. Agora que morreu, vocês
querem se livrar do coitado de qualquer jeito. Mas
não vão conseguir, ouviram? Não vão conseguir. Com

33

Pirâmide ou sem, não interessa; meu marido vai ser enterrado lá onde vocês disseram que ele seria enterrado. Caso contrário, eu vou aos jornais, vou ao prefeito, vou até ao presidente. Portanto, tratem de dar um jeito.

— Mas dona Maria Aparecida...

— Por favor, mamãe, acalme-se — tentava inutilmente contê-la a filha.

— Chega! Nem mais uma palavra! E agora caiam fora daqui, seus urubus! Saiam, antes que eu expulse vocês a pontapés!

Os diretores acharam melhor bater em retirada. Passava da meia-noite, e o enterro estava marcado para as dez da manhã, de modo que tinham de resolver rapidamente o que fazer. Reuniram-se no clube e decidiram chamar o doutor Ramiro.

Ele foi logo avisando: se vocês, que são da diretoria, não conseguiram convencer aquela mulher, eu não tenho a mínima chance.

— Mas o que vamos fazer então? — perguntou Antão.

— Só há um jeito — disse doutor Ramiro —, é cumprir o contrato.

Cumprir o contrato? Os diretores não entendiam mais nada. Cumprir o contrato como, se a tal Pirâmide não existia?

— Toda construção — continuou o doutor Ramiro — começa com o primeiro tijolo. A Pirâmide do Eterno Repouso começará com o primeiro jazigo perpétuo.

— Mas é um jazigo perpétuo? — perguntou Gregório. — Não é um túmulo comum?

— O túmulo comum — disse o doutor Ramiro — agora passa a se chamar jazigo perpétuo. E pronto.

A COLINA DOS SUSPIROS

Não havendo outra solução, resolveram tocar adiante. Bugio seria enterrado no campo do Pau Seco, agora batizado de Pirâmide do Eterno Repouso, num túmulo comum, agora batizado de jazigo perpétuo. Teoricamente, a coisa podia funcionar, desde que certos problemas fossem superados. Problema número um: para todos os efeitos, o estádio do Pau Seco não era um cemitério. Havia aspectos religiosos e legais a serem resolvidos. Cada vez mais premidos pelo tempo, os diretores correram para a casa do padre e do prefeito. Tirados abruptamente da cama, ambos se mostraram, contudo, compreensivos. A papelada foi rapidamente preenchida e assinada. Quando raiou o dia, o antigo estádio do Pau Seco já podia receber defuntos. Exaustos, os diretores foram comunicar a Maria Aparecida que o sepultamento seria realizado conforme o combinado. Era o problema número dois: se a viúva recusasse o arranjo, estariam em maus lençóis. Contudo Maria Aparecida ouviu-os em silêncio, sem agradecer, mas também sem recusar, o que, para a diretoria, foi uma bênção. Finalmente eles podiam se livrar do abacaxi.

O enterro foi realizado às dez em ponto, sob uma chuva fina. O carro fúnebre da municipalidade, um antigo automóvel pintado de preto e cheio de adornos cor púrpura, trouxe o caixão até o portão do estádio. De lá foi levado por amigos de Bugio até o local do sepultamento, atrás de uma trave de gol. Havia muitos jornalistas, inclusive uma equipe de tevê da capital. Como a viúva avisara que não queria câmeras por perto, o repórter se mantinha a uma prudente distância, fazia seus comentários em voz baixa mas excitada:

— É um fato inédito, senhoras e senhores. Um estádio de futebol transforma-se em cemitério! E notem o detalhe: o primeiro defunto — o enterro está marcado para logo mais — é o jogador Bugio, que morreu exatamente neste local, vítima de um enfarte, em pleno jogo de futebol.

Suspenso por cordas, o caixão desceu lentamente para a sepultura recém-cavada. No último momento, o homem da marmoraria entrou correndo no estádio, com a pequena lápide que acabara de confeccionar, e que levava uma inscrição: "O gol que não fizeste em vida tu o farás na eternidade". A frase era de autoria de Ramiro, literato nas horas vagas. Maria Aparecida permitiu que a lápide fosse colocada, mas não admitiu que nenhum dos diretores fizesse discurso.

— Vocês já falaram demais. Agora, deixem o morto em paz.

Acompanhada da filha, deixou o lugar. Ia triste. Mas ia de cabeça erguida.

Com a morte de Bugio as últimas esperanças dos torcedores do Pau Seco pareciam se ter desvanecido. Não há jeito, diziam, este time nunca mais se levantará. Mas de novo o destino interveio.

Pressionado pelos compradores de jazigos perpétuos, o doutor Ramiro resolveu começar a construção da Pirâmide do Eterno Repouso. Contratou uns poucos operários e deu início às obras que, por semanas se arrastaram lentamente: o dinheiro era escasso e o que era pior, o próprio doutor Ramiro parecia ter perdido o interesse no empreendimento. Mas foram justamente essas obras que, paradoxalmente, mudaram o destino do Pau Seco Futebol Clube.

O doutor Ramiro raramente ia ao local, mas havia quem o fizesse. Era o velho Pedro. Antigo torcedor do

Pau Seco, ele de início se opusera à venda do estádio; por fim, acabara adquirindo dois jazigos perpétuos na Pirâmide do Eterno Repouso, para ele e a mulher.

— Pelo menos vamos ser enterrados no lugar em que jogou o nosso time — dizia a mulher.

Idoso e doente, o velho Pedro temia que a Pirâmide não ficasse pronta a tempo. E como não queria submeter a família ao duro transe por que passara a viúva do infeliz Bugio, ia todos os dias conferir o andamento das obras. Ficava ali horas conversando com os operários — quatro, apenas — e às vezes ajudando-os, pois, como ex-pedreiro, tinha prazer em assentar tijolos. E foi assim que ele descobriu o prodigioso Rubinho.

Com vinte e um anos completos, Rubinho aparentava muito menos: tinha cara de menino. Mas era um rapaz bonito. Do pai, Manuelzão, herdara feições indiáticas; da mãe, Catarina, descendente de colonos alemães, uns olhos muito grandes e muito claros. Contudo, havia sempre uma expressão de tristeza em seu rosto. Diziam que sofria dos nervos e, de fato, desde criança tinha problemas — pesadelos que o faziam acordar gritando, ataques de choro. Catarina preocupava-se com o caçula, queria que se tratasse com médico, mas Manuelzão não concordava: meu filho não é louco, dizia, não precisa de tratamento nenhum. Na escola, Rubinho não se saíra bem; repetira várias vezes a primeira série. Não dá para os estudos, concluíra o pai, tem de trabalhar. Que trabalho? Auxiliar de pedreiro, naturalmente. Rubinho se empregara em várias obras antes de ser contratado pelo doutor Ramiro para a Pirâmide do Eterno Repouso.

Evidentemente não gostava muito do que fazia, sobretudo porque se tratava de um futuro cemitério, coisa que lhe dava arrepios. O fato, porém, é que tinha de trabalhar; então trabalhava. Cavava buracos e carregava pedras com uma expressão tão infeliz que chegava a causar dó. Mas então chegava a hora do almoço e ele se transformava.

Depois de comerem rapidamente o escasso lanche, os rapazes aproveitavam a folga para aquilo que muitos fazem pelo Brasil afora na hora do almoço: jogar futebol. Uma pelada, claro. No caso, com cenário especial; afinal não são todos que podem disputar uma partidinha em um estádio de verdade. Sim, ainda era um estádio — as arquibancadas, os vestiários, tudo continuava no lugar, embora alguns buracos tivessem sido cavados no gramado e embora estivesse ali o túmulo de Bugio, uma visão que perturbava os trabalhadores, especialmente Rubinho, que tinha pavor de sepulturas, caixões — qualquer coisa que se relacionasse com a morte. Felizmente, uma pilha de tijolos meio que escondia aquela visão macabra.

O que sobrava do campo de futebol era mais que suficiente para uma pelada que corria solta durante uns bons quarenta minutos. E era uma pelada extraordinária.

Dois times eram formados. Um tinha três jogadores; o outro, um só: Rubinho. Quando Pedro, assombrado, quis saber o motivo dessa estranha divisão, um dos rapazes respondeu, bem humorado:

— A gente joga com três porque somos só três. Pra enfrentar o Rubinho precisava uns quarenta de nós.

Verdade.

Jogando, Rubinho era um demônio. Aliás, jogar não é a palavra capaz de descrever o que fazia em campo. Seu controle sobre a bola era total, completo, absoluto; conduzia-a com inacreditável facilidade, passava pelos adversários com a rapidez de um raio; às vezes, com zombeteira displicência parava na frente de um deles, fingia que ia passar pela esquerda, o adversário preparava-se para detê-lo pela esquerda, e ele passava, não pela direita, mas pela esquerda mesmo, rindo, divertido. Meu Deus, pensava Pedro, este garoto é um grande jogador de futebol, ele é um Pelé, um Garrincha. A alguém precisava contar o que tinha visto, e esse alguém era, naturalmente, o coronel, que, para o fiel Pedro, continuava o patrono. Correu para a fazenda.

O coronel ouviu, impassível, o excitado relato. Quando Pedro terminou ("É o que lhe digo, coronel, o menino é um gênio do futebol, nunca houve um jogador assim."), o patrono do Pau Seco ficou em silêncio alguns minutos, refletindo. Evidentemente estava a ponto de tomar uma decisão, e uma decisão que lhe seria difícil. Tudo indicava que, para ele, o futebol era uma história encerrada; o desgosto que tivera com a venda do estádio do Pau Seco magoara-o profundamente. Mas paixão é paixão.

— Traga este menino aqui.

Pedro não pensou duas vezes. Voltou para o antigo estádio. A pelada já havia terminado, Rubinho estava trabalhando, carregando tijolos num carrinho de mão. Pedro correu para ele.

— O coronel quer falar com você — disse, ofegante. — Vamos logo.

A primeira reação de Rubinho foi de susto. O coronel queria falar com ele? O coronel Chico Pedro, que metia medo em todo o mundo, queria falar com ele? Só podia ser alguma confusão em que inadvertidamente se metera. Criado por um pai severo, Rubinho sempre se sentia culpado de ter feito alguma coisa errada. Vendo-o pálido, Pedro tranquilizou-o:

— Não há por que se assustar, rapaz. Pelo contrário: é uma chance de ouro que você está tendo. Eu disse ao coronel que você joga futebol muito bem. E ele quer falar com você sobre isso.

— Eu jogo futebol muito bem? — Rubinho, surpreso. Modesto, nunca se achara muito superior a seus companheiros. Corria um pouco mais, chutava melhor, mas nada de excepcional.

Pedro insistiu:

— Vamos lá, é importante. O coronel entende de futebol e, se ele quer falar com você, alguma coisa boa pode sair daí.

Rubinho vacilava ainda:

— Mas eu não posso largar o serviço, o seu Ramiro vai ficar por conta comigo.

Pedro não hesitou. Decidindo que uma pequena mentira ajudaria o garoto, foi em frente:

— Eu falei com o seu Ramiro. Ele disse que pedido do coronel é uma ordem. Venha comigo, eu o levo.

— Se é assim...

Foram. Durante todo o trajeto, Rubinho não falou; chegou à fazenda francamente assustado. Nem levantava os olhos do chão. Sentado na varanda, em sua clássica cadeira de balanço, o coronel mirava-o em silêncio. Por fim perguntou:

— Como é o seu nome mesmo, rapaz?

— Rubinel Silva — respondeu o garoto. Evidentemente embaraçado com o estranho nome, apressou-se a acrescentar: — Mas todo o mundo me chama de Rubinho.

— Você está na escola?

A COLINA DOS SUSPIROS

— Não — olhos baixos, envergonhado. — Não tenho cabeça boa para os estudos. O pai me tirou do colégio e me botou para trabalhar.

— E o que é que você faz?

— Sou ajudante de pedreiro. Carrego tijolo, cimento, essas coisas.

— E é bom esse trabalho?

Rubinho sorriu, triste.

— Não é ruim. Pelo menos dá para levar um dinheiro para casa — respondeu. Hesitou um momento e acrescentou: — E na hora do almoço a gente pode bater uma bolinha.

Um quase imperceptível sorriso iluminou a severa e enrugada face do coronel Chico Pedro.

— Você gosta de futebol?

Os olhos de Rubinho brilharam.

— Se eu gosto? É a coisa que eu mais gosto!

— Então vamos ver o que você sabe fazer.

Voltou-se para um dos empregados, um homem de idade, baixinho e magro, conhecido como Ratão:

— Ratão, traga uma bola de futebol. Uma das minhas.

Era uma das manias do coronel: ele guardava todas as bolas das partidas em que participara. Reservara para isso uma sala da casa. Ali estavam, em armários, as bolas. Junto a cada uma, com um cartãozinho com a necessária informação: data da partida, resultado, os gols que o coronel marcara. Ratão estava encarregado de manter todas aquelas bolas sempre cheias e em bom estado. Viúvo e morando sozinho — as filhas, todas casadas, haviam-se mudado para a capital —, o coronel tinha naquele acervo sua principal distração. Quando não estava sentado na varanda da casa, olhando seus campos e controlando os empregados, ia olhar as bolas, seguido pelo fiel Ratão. Abria os armários, acariciava-as, lembrava:

41

— Com esta aqui meti uma goleada no União e Vitória... Com esta aqui fiz um gol que marcou história...

O homem voltou com a bola. O coronel examinou-a.

— Sim, com esta marquei aquele gol decisivo, de cabeça. — E para Rubinho: — Vamos ver o que você sabe fazer, rapaz.

Jogou-lhe a bola. A princípio surpreso, Rubinho imediatamente se transformou: durante uns bons quinze minutos, deu um verdadeiro *show*. Fez embaixadas, driblou jogadores imaginários — impecável. Até o coronel, habitualmente seco e contido, aplaudiu-o.

— Você é bom de bola mesmo, rapaz. Meus parabéns.

Fez uma pausa.

— Você gostaria de ser um jogador de futebol profissional? Como esses craques famosos?

Rubinho olhava-o, meio assustado. O que estaria aquele homem querendo dizer? Ele, jogador profissional? Como o pessoal do Pau Seco? Como Pelé e Garrincha, cuja lembrança ainda estava bem presente? Evidentemente a ideia nunca lhe ocorrera, mas evidentemente ela o fascinava.

— Não sei, coronel. O senhor acha mesmo que eu dou para a coisa?

— Acho. E vou contratar você.

Agora: ele não disse, o Pau Seco vai contratá-lo, ou, vou sugerir ao clube que o contrate. Não, o coronel estava deixando bem claro o que aconteceria: Rubinho, como jogador de futebol, era propriedade dele.

— Você sabe o que é um contrato?

— Mais ou menos...

O coronel explicou que o contrato tornaria Rubinho um jogador profissional.

A COLINA DOS SUSPIROS

— Aí você não precisará mais trabalhar como ajudante de pedreiro.

— Não? — Rubinho, que mal entendia o que o velho lhe dizia, estava alarmado. — Mas e o dinheiro? Meu pai conta com essa grana...

— Eu vou lhe pagar — garantiu o coronel. — Vou lhe pagar para jogar futebol. E vou lhe pagar bem. Muito mais do que você ganhava, pode estar certo. Duas vezes mais. Três vezes mais.

Rubinho arregalou os olhos.

— Só para eu jogar futebol?

— Só para você jogar futebol.

Pausa. Outra dúvida:

— E o senhor me arranja calção, camiseta, essas coisas?

O carrancudo coronel não pôde deixar de sorrir.

— Claro que arranjo. Tudo isso corre por minha conta. Então? Você aceita?

— Aceite, rapaz — interveio o velho Pedro. — O coronel está lhe oferecendo a chance de sua vida.

— Bem — disse Rubinho, ainda indeciso —, se é assim, acho que aceito.

Ainda intimidado, apertou a mão que o coronel lhe estendia.

— Muito bem — disse o velho —, estamos acertados então. Depois vem a papelada, mas com isso você não precisa se preocupar, fica tudo por minha conta. Que mais posso fazer por você? Há alguma coisa que você queira, alguma coisa que eu possa lhe dar?

Rubinho hesitou. Depois, criou coragem:

— Posso, mesmo, pedir?

— Claro que pode.

— Eu queria essa bola. Nunca tive uma bola de futebol. Aquela que a gente usa para jogar é do pedreiro, eu queria uma bola só para mim.

43

O sorriso desapareceu do rosto do coronel. Por aquela ele não esperava. Dar de presente a bola? A bola que fazia parte de sua coleção? A bola que, como as outras, lhe trazia tantas recordações? Era uma decisão difícil, mas o coronel não precisou mais que dez segundos para decidir:

— É sua.

E acrescentou:

— Fique sabendo, rapaz, que você é o primeiro a ganhar uma bola que foi minha. Mas tenho a certeza de que você estará à altura dela.

A notícia de que o coronel tinha contratado um jogador de futebol, com dinheiro do próprio bolso, se espalhou rapidamente pela cidade e chegou ao café do seu Luís, provocando alvoroço.

— Um tal de Rubinho, você conhece?

— Nunca ouvi falar.

— Diz que é daqui da cidade. Trabalha como auxiliar de pedreiro. Mas parece que é muito bom de bola.

Mais surpresos ficaram os diretores do Pau Seco. Estavam ali no café ouvindo os comentários. Não sabiam o que dizer. Contrariados, foram forçados a admitir que o coronel contratara o rapaz sem o conhecimento deles.

— Quem sabe ele quer formar um novo time — zombava um torcedor do União e Vitória. — Vai ver, cansou de vocês.

Era tamanha a gozação que os quatro optaram por bater em retirada. E decidiram: precisavam falar com o coronel. Embarcaram no carro de Gregório e foram até a fazenda. Encontraram o coronel no seu lugar de sempre, sentado na varanda.

— A que devo a honra da visita? — perguntou, não sem certa ironia.

Ranulfo explicou que, em primeiro lugar, tratava-se de uma visita de cortesia; afinal, o coronel gozava do apreço daquela diretoria e —

— Besteira — atalhou o velho. — Vocês vieram aqui saber do Rubinho. É ou não é?

Incômodo silêncio.

— É — admitiu Antão, por fim. — Parece que o senhor encontrou um bom jogador...

— Encontrei um grande jogador — interrompeu o coronel. — Quer dizer, fiz o trabalho que os senhores deveriam fazer: descobrir craques. Daqui da minha varanda faço mais pelo Pau Seco que os senhores.

Os diretores, humilhados, continuavam em silêncio.

— Mas podem ficar tranquilos — prosseguiu o coronel. — Minha dedicação ao clube continua igual. O jogador é meu, fui eu quem o contratou, ele é meu empregado, mas vou colocá-lo à disposição do clube. Vocês não precisam pagar nada. As despesas correm por minha conta.

— É muita generosidade do senhor — disse Ranulfo. Uma pausa, e fez a pergunta que estava na cabeça de todos os diretores: — Quer dizer que podemos considerá-lo de novo o nosso patrono?

— Ainda não — respondeu o coronel. — Estou com essa história do cemitério atravessada na garganta. Mas sobre isso vamos conversar mais adiante. Por enquanto, podem pôr o garoto para treinar junto com o time. E avisem aqueles pernas-de-pau: quero que deem força ao Rubinho. Ele pode tirar o Pau Seco do atoleiro.

Os diretores saíram dali esperançosos e aliviados: a reaproximação com o coronel era algo que todos queriam. O tal de Rubinho era até secundário na história. Na verdade, não acreditavam que o garoto fosse tão bom assim. Um gênio do futebol não teria passado despercebido naquela cidade pequena, onde todos se conheciam. Bem, quase todos; ninguém era obrigado a saber da vida de um ajudante de pedreiro. O coronel era velho e tinha direito a certas manias. Estava se achando descobridor de talentos futebolísticos? Ninguém iria contrariá-lo. Ou o rapaz era bom ou, mais provavelmente, não era. Não sendo, poderia jogar algum tempo e depois iria, aos poucos, para o banco de reserva. O coronel teria recebido a atenção que exigia e tudo voltaria ao que era antes.

Aí surgiu um problema inesperado. O contrato foi preparado, mas Rubinho, apesar de ser maior de idade, recusou-se a assiná-lo: só o faria se o pai aprovasse. De nada valeram os argumentos do coronel.

— Só assino se meu pai concordar — repetia o garoto, teimosamente.

Vendo que não havia outro modo, o coronel mandou Ratão chamar Manuelzão. O empregado foi lá e voltou uma hora depois, visivelmente abalado.

— O tal de Manuelzão disse que tem mais o que fazer e que não pode vir falar com o senhor. Disse que se o senhor quer conversar com ele que vá até lá.

Jamais alguém respondera assim ao coronel Chico Pedro. Normalmente ele mandaria dar uma surra — quem sabe um tiro — no atrevido. Mas não foi essa a ordem que deu. Aliás, não deu ordem alguma. Por uns bons dez minutos ficou sentado em silêncio. Os punhos cerrados mostravam o esforço que fazia para conter a raiva. Quando finalmente conseguiu, disse a Ratão, erguendo-se:

— Traga o carro. Vou até a casa desse homem.

A chegada do carro, muito antigo mas imponente, causou alvoroço na vila popular em que morava a família de Rubinho. Manuelzão, um homem ainda forte apesar da aparência doentia — tinha um problema cardíaco —, não se impressionou. Cumprimentou o coronel, mas não o convidou a entrar.

— Estou às suas ordens. O que é que o senhor queria comigo?

De novo o velho fazendeiro teve de fazer um esforço para conter a irritação. De novo o conseguiu, o que dava uma medida de sua paixão pelo futebol. Procurando dar às palavras um tom neutro, explicou o que tinha em mente:

— Seu filho é o melhor jogador de futebol que já apareceu por estas bandas. Precisamos dar uma oportunidade a ele.

Voltou-se para o ajudante e pediu:

— Ratão, passe o contrato para este senhor.

Ratão apressou-se a cumprir a ordem. Manuelzão pegou o papel, mas nem o olhou.

— Quero que o senhor assine este contrato — disse o coronel.

Manuelzão encarou-o.

— Não vou assinar nada, coronel. Em primeiro lugar, não sei ler nem escrever. Depois, esse negócio de futebol... isso é coisa para vagabundo, não para os meus garotos. Tenho três filhos, coronel, e todos vão ser pedreiros como o pai. Pode ser que ganhem pouco, mas vão ter uma profissão decente. Eu sei que o Rubinho joga futebol de vez em quando e não vou brigar com ele por causa disso. Agora, dinheiro ele só vai ganhar com trabalho honesto. Não quero ver meu filho envolvido com uma cambada de sem-vergonhas.

Mais que irritado, o coronel estava agora assombrado. Nunca tinha visto aquele fenômeno: um brasileiro que não gostava de futebol. Mas então o próprio Manuelzão explicou as razões de sua atitude. Seu pai fora jogador de futebol. Abandonara a família para jogar num obscuro clube numa cidade distante e nunca mais retornara. As colunas esportivas informaram que arranjara uma namorada — a chefe da torcida feminina —, mas não diziam que a mulher e os filhos passavam necessidade. Por causa do futebol, dizia Manuelzão, amargurado, a gente sofreu muito. Pouco antes de morrer, a mãe o fizera prometer que em hipótese alguma seguiria o caminho do pai. Proibindo Rubinho de jogar, Manuelzão estava também mantendo-se fiel à memória da mãe.

Nesse momento, a mulher de Manuelzão, que assistia à conversa, criou coragem:

— Mas se o coronel está dizendo que é bom para o nosso filho...

— Cala a boca, mulher — cortou o homem, ríspido. — Quem sabe o que é bom para o Rubinho sou eu. O rapaz é fraco dos nervos, esse negócio de futebol vai acabar com ele. E eu já disse: quero que seja pedreiro como eu, e está acabado.

O coronel percebeu que era inútil continuar aquela conversa. Manuelzão estava mesmo irredutível. Conseguiu forçar um sorriso.

— O senhor está nervoso, não vale a pena a gente discutir. Mas sei que vai mudar de ideia. E então me procure.

Por incrível que pareça, Manuelzão mudou mesmo de ideia. Graças à mulher, Catarina, que, casada com ele há mais de trinta anos, sabia como manejá-lo.

Em vez de insistir com o marido, pois sabia que isso de nada adiantaria, adotou outra tática: foi falar com o padre Damião. Manuelzão era muito religioso — ia à igreja todos os domingos, confessava-se, comungava — e confiava no padre, seguia seus conselhos.

Catarina contou ao padre o que estava acontecendo e pediu que intercedesse:

— É a grande chance do Rubinho, padre. O coronel garante que ele tem futuro.

O religioso imediatamente mostrou-se interessado. Gostava de Rubinho, conhecia o seu talento e era, ele mesmo, fanático por futebol e torcedor do Pau Seco.

— Deixa comigo, Catarina. Eu resolvo isso.

Mandou chamar Manuelzão para uma conversa. Foi eloquente e estava inspirado.

— Você está enganado, Manuelzão. Futebol não é pecado. Você já se deu conta de que Jesus tinha doze apóstolos? O mesmo número dos jogadores de um time?

— Um time tem onze — protestou Manuelzão.

— Um de reserva, claro. Tenho certeza de que, se já existisse futebol naquela época, Jesus disputaria o campeonato. E mais: tenho certeza de que Jesus daria a maior força para o seu filho. O Rubinho é um jogador milagroso, Manuelzão. Ele tem Deus a seu lado.

Manuelzão relutava ainda, mas contra a palavra do padre não podia haver argumentos. Acabou assinando o contrato. Assinando, não. Como não sabia escrever, colocou no documento a sua impressão digital. Só fez uma exigência: por conselho do dono do botequim que frequentava, Gumercindo, o Guma, exigiu que o contrato fosse limitado a um ano. Dessa maneira, o coronel não poderia se considerar dono de Rubinho.

Os companheiros de trabalho de Rubinho festejaram o sucesso do amigo, mas a entrada dele no Pau Seco passou despercebida. O jornal e a rádio mencionaram o fato. O jornal com uma manchete que expressava dúvida ("Nova estrela no Pau Seco?"), a rádio com um breve comentário no noticiário esportivo das onze da noite, que poucos ouviam. Quanto aos torcedores, estavam tão desiludidos que não deram muita importância à notícia. Prodígio, o tal de Rubi-

A COLINA DOS SUSPIROS

nho? Talvez. Mas já tinham ouvido aquela história: o Pau Seco contratara muitos prodígios antes, sem jamais tirar o pé do barro. Em todo caso, alguns torcedores foram assistir ao primeiro treino da nova estrela do time no campo do União e Vitória, pois o Pau Seco não possuía mais estádio. Não ficaram muito entusiasmados: o garoto não se saiu bem. Não parecia à vontade, estava inibido, corria pouco, não chutava. Vamos lá, prodígio, zombavam alguns torcedores, enciumados por causa da expectativa que se criara em torno do garoto. Os quatro diretores divergiram em suas opiniões.

— Estou achando esse garoto um blefe — disse Gregório.

— Não diga isso — reagiu Antão. — Você é muito pessimista, homem.

— Se você tivesse de manejar as finanças do clube, também seria pessimista — retrucou, azedo, o outro.

Ranulfo e Sezefredo também não estavam muito contentes, mas achavam que se deveria dar um tempo. Afinal, o rapaz nunca tinha jogado num time profissional, nem mesmo num estádio, precisava se adaptar. Quanto ao treinador, o velho Otávio, mostrava-se confiante:

— O rapaz está nervoso, mas é bom de bola. Vocês não perdem por esperar.

Do coronel, que aliás não assistira ao treino, nada se ouvia: patrono só fala no momento preciso.

E aí veio o primeiro jogo, fora de casa, contra um time da região. Era um time modesto, e Rubinho estava nervoso — era a primeira vez que vestia o uniforme completo de jogador, era a primeira vez que jogava uma partida de verdade, num campo de ver-

51

dade, contra um adversário de verdade. Nos primeiros minutos parecia atordoado; chegou até a fazer algumas bobagens, que lhe valeram vaias dos poucos torcedores. De qualquer maneira o jogo era ruim. O primeiro tempo terminou sem gols.

No intervalo, o coronel — que depois de muito tempo assistia a uma partida — foi até o vestiário. Passou entre os jogadores, dirigiu-se direto aonde se encontrava Rubinho e, olhando-o bem nos olhos, disse:

— Confio em você, rapaz. Sei que você vai ganhar este jogo para nós. Faça força, eu lhe peço.

Os jogadores e diretores ficaram boquiabertos. Muito cônscio de sua posição de patrono, o coronel raramente falava com jogadores e, quando falava, não era para pedir favores. Que aquele homem orgulhoso tivesse mostrado tal humildade, era algo surpreendente. Rubinho ouviu-o em silêncio. Se as palavras do coronel tiveram algum impacto sobre ele, seria impossível dizer; o fato é que voltou ao campo completamente transformado, seguro, senhor de si. Dominava bem a bola, passava pelos adversários com a mesma facilidade que demonstrava nas peladas da hora do almoço. E em rápida sucessão marcou os gols que construíram o histórico placar: três a zero.

Naquela noite a cidade não dormiu. Pela primeira vez em muitos anos os torcedores do Pau Seco tinham o que comemorar. E comemoraram condignamente: foi um verdadeiro carnaval. O centro de toda celebração, o fenomenal Rubinho, parecia meio surpreso. Deixou-se abraçar, deixou-se conduzir nos ombros dos fãs. Lá pelas tantas, disse que estava cansado, queria ir para casa: obviamente não se sentia à vontade no papel de herói.

Mas herói ele era. No dia seguinte, o jornal de Pau Seco trazia a sua foto, enorme, na primeira página, com a manchete: "A grande surpresa do domingo". Contudo, Abelardo, o redator de esportes, que era também o redator de notícias policiais e de política (a equipe toda constava de três pessoas, o próprio Abelardo e seus dois primos, o João Magro e o João Gordo), levantava uma dúvida: será que aquela atuação prodigiosa se repetiria? A pergunta deixou indignados os torcedores do Pau Seco, mas não tardou a ter resposta.

Nas partidas seguintes, Rubinho mostrou: era mesmo um grande jogador. Não havia atacante mais veloz do que ele. Passava pelos adversários como um raio, invadia a área e, o que mais encantava a torcida, fazia gols de gênio. Abelardo se penitenciou: escreveu um artigo altamente elogioso intitulado "Nova estrela brilha no firmamento futebolístico do Pau Seco", que terminava chamando Rubinho de "Einstein do futebol", o que provocou uma discussão no café.

— Quem é esse tal de Einstein? — perguntava um jogador, intrigado.

— Você é ignorante mesmo — replicava outro. — Todo o mundo sabe que é um atacante da seleção alemã.

No meio do bate-boca entrou o doutor Alfredo e esclareceu:

— O Einstein foi um grande matemático. Um gênio.

— Bem — disse o seu Luís —, se ele era tão bom nas contas como o Rubinho é bom de bola, tinha de ser gênio mesmo.

As repercussões do inesperado sucesso não tardaram. O número de sócios do Pau Seco cresceu em poucos meses o que não tinha crescido em anos. As finanças do clube rapidamente se refizeram, e logo havia uma apreciável soma em caixa. Foi então que o coronel mandou um recado à diretoria: queria uma reunião.

Não era um pedido, era uma ordem — que os diretores se apressaram a atender. Afinal, tratava-se do patrono do time. Patrono que durante algum tempo se mantivera patrono em digno e irritado recesso, mas que agora retornava triunfante, como Napoleão voltando do exílio, para reassumir o lugar que lhe cabia. Tudo graças ao notável Rubinho.

A expectativa era grande. Contrariamente ao que se poderia imaginar, o coronel não marcara a reunião na fazenda, onde sua autoridade, agora consideravelmente aumentada, poderia se manifestar na plenitude. Não, era na modesta sede do clube que ele queria falar com os diretores, o que tornava a coisa ainda mais simbólica: o coronel Chico Pedro estava reconquistando aquilo que se tornara território, senão inimigo ou hostil, pelo menos estranho.

A notícia da reunião, marcada para as três horas de uma segunda-feira, galvanizou Pau Seco inteira. Desde a manhã não se falava de outra coisa, e até um jornal da capital mandou um repórter esportivo cobrir o acontecimento.

A COLINA DOS SUSPIROS

Ninguém faltou. O diretor Sezefredo, que estava no hospital convalescendo de uma cirurgia de hérnia, pediu ao médico que lhe desse alta. O doutor ponderou que ele ainda não tinha condições de ir para casa.

— Não vou para casa — foi a resposta. — Vou direto para a sede do clube. O coronel convocou a diretoria, não posso faltar.

O médico, que também era torcedor do Pau Seco — pois o diretor administrativo não se deixaria operar por um cirurgião que torcesse pelo União e Vitória — acabou concordando.

— Mas vejam lá o que vocês vão resolver nessa tal de reunião. Agora que o time está engrenando, só falta vocês botarem tudo a perder.

Às três em ponto, o coronel, passo firme e cabeça erguida, entrou na sede do clube e foi imediatamente saudado pelos diretores e conselheiros com uma salva de palmas, que ele simplesmente ignorou. Ocupando a cabeceira da mesa, esperou que se fizesse silêncio — e logo se fez silêncio, um respeitoso silêncio — e foi direto ao assunto.

— Tenho — disse, no seu vozeirão rouco — três anúncios a fazer.

Depois de uma pausa dramática — e ele não era de pausas dramáticas — continuou:

— A partir de hoje, considero-me novamente o patrono do Pau Seco.

Os presentes não se puderam conter, e de novo prorromperam em aplausos. O coronel silenciou-os com um gesto e prosseguiu:

— Quero dizer também que estou cedendo ao clube, por empréstimo, o passe do jogador Rubinho, cujo contrato, como vocês sabem, me pertence.

Os aplausos foram igualmente entusiastas, embora alguns ali esperassem um gesto magnânimo — a doação do passe. O empréstimo significava que o Pau Seco não poderia contar incondicionalmente com Rubinho, o que para o clube não era o ideal. Mas aí o coronel veio com o terceiro anúncio:

— Nós vamos recuperar o nosso estádio.

Aquilo deixou os presentes estarrecidos — e assustados. Recuperar o estádio? De que jeito? O estádio tinha sido vendido com documento passado em cartório. Como recuperá-lo?

— Eu sei que o clube agora tem algum dinheiro em caixa — disse o coronel. — O resto fica por minha conta. Quero o estádio de volta e estou disposto a vender terras para consegui-lo.

E aí o grande lance, o lance que mostrava o caudilho oculto atrás da figura ascética do velho fazendeiro:

— No dia em que o Pau Seco recuperar o estádio, o clube receberá, das minhas mãos, o passe do jogador Rubinho.

Levantou-se e, em meio a um silêncio geral, saiu.

Por alguns minutos os membros da diretoria ficaram ali sentados, imóveis, a se olharem uns para os outros.

Ninguém sabia o que dizer. Uma coisa era certa: o coronel não estava brincando. Aquela história de obter de volta o estádio era para valer — em verdade, tratava-se de questão de honra para ele. Precisavam, pois, decidir o que fazer a respeito. Ranulfo tomou a iniciativa de romper o silêncio:

— Bem, meus amigos, todos ouviram o coronel. Patrono é patrono.

E puxa-saco é puxa-saco, pensou Antão. Pensou, mas não disse. O momento não era de comprar briga.

— Temos de estudar uma fórmula para recuperar o estádio — continuou Ranulfo. — Afinal, transações podem ser desfeitas.

— Mas de que jeito? — quis saber Sezefredo.

— Bem — confessou Ranulfo —, isso eu não sei. Mas a gente pode convidar o Ramiro para uma reunião. Somos pessoas civilizadas, podemos achar uma solução. Mesmo porque temos dinheiro em caixa e o que ele pagou pelo estádio não foi grande coisa. Além disso, o projeto dele não decolou. Tudo o que tem lá é meia dúzia de buracos. Ah, sim, e o túmulo do pobre Bugio.

— Verdade — acrescentou Antão Rocha. — O Ramiro ainda pode achar outro lugar para aquela tal de Pirâmide. Se ficar longe do cemitério, paciência. Quem vai reclamar? Os defuntos é que não.

Decidiram procurar o doutor Ramiro naquela mesma tarde. Obviamente, o administrador do cemitério já sabia da história; em lugares pequenos, as novidades se espalham rapidamente. Para surpresa deles, não opôs resistência ao pedido; exigiu, claro, uma quantia adicional a título de indenização, mas nem era muito. Até colocou à disposição do clube seus operários — cuja pelada caíra muito em qualidade com a saída de Rubinho — para que pusessem o gramado em ordem.

Estava tudo correndo bem. Mas então se lembraram do detalhe que se revelaria muito, mas muito, problemático.

Havia um túmulo no campo de futebol.

Àquela altura Bugio estava quase esquecido, em grande parte por causa de Rubinho — nada como um herói novo para substituir um herói antigo, isso sem levar em consideração o fato de que, para muitos torcedores ingratos, o veterano jogador não tinha sido exatamente um herói. O que fazer com seus restos mortais, que continuavam lá? Os diretores discutiram uma tarde inteira, apenas para concluir que não sabiam o que fazer. Por fim, desanimados, resolveram levar a questão ao coronel.

Isso exigiu uma certa dose de coragem. O patrono teria todo o direito de responder: vocês criaram o problema, agora o resolvam. Mas não: mostrou-se digno do seu título. Ouviu o relato da situação e, sem pestanejar, ordenou:

— Removam.

— Como? — Antão achou que não tinha ouvido bem.

— Vocês ouviram: removam o túmulo. Aquilo era um cemitério, agora voltou a ser um estádio. Não é lugar para túmulo.

— Mas a viúva...

— Desde quando viúva de jogador apita alguma coisa? Tomem conta dela, vocês.

Os diretores saíram da fazenda preocupados. Remover o túmulo e os restos mortais? Para onde? Só poderia ser para o cemitério velho, claro.

Consultaram o doutor Ramiro, que, magnânimo, prontificou-se a arranjar um lugar, usando a sua agora já famosa reserva técnica. Uma qualidade tinha aquele doutor Ramiro: sabia reconhecer quem estava por cima, e o coronel agora estava por cima — saíra gloriosamente de seu ostracismo graças a Rubinho.

Faltava falar com Maria Aparecida. Conhecendo seu gênio irascível, os diretores do Pau Seco se reuniram para traçar uma estratégia. Chegaram à conclusão de que precisavam fazer uma proposta irrecusável. Não apenas mudariam o túmulo para um bom lugar no cemitério velho, como também construiriam um mausoléu digno de qualquer autoridade. E mais: ofereceriam algum dinheiro a título de compensação. Ah, e também afixariam no vestiário do clube uma placa em homenagem a Bugio. Tudo isso foi colocado no papel, sob forma de documento.

Certos de que agora tinham argumentos imbatíveis, os diretores dirigiram-se à humilde casa de Maria Aparecida, numa vila popular não longe daquela em que Rubinho morara, antes de se mudar, com a família, para uma nova casa, cedida pelo diretor Antão, que tinha vários imóveis na cidade.

Encontraram-na sentada no degrau da humilde casa de madeira, tomando uma cerveja. Não se levantou para recebê-los; na verdade mal os olhou, e respondeu seca aos cumprimentos. Sentindo que pisavam em território minado, Ranulfo tomou a iniciativa de conduzir o que já se figurava uma complicada negociação:

— Dona Maria Aparecida, é um prazer estar aqui com a senhora. E a razão de nossa visita...

— Negativo — cortou ela, seca.

O homem chegou a estremecer. Sorriu amarelo.

— Perdão, dona Maria Aparecida, não entendi. A senhora...

Ela sorriu, amarga.

— Corta esse papo idiota, homem. Vocês vieram aqui pedir para tirar a sepultura do Bugio lá do campo de futebol. E a minha resposta é não. O túmulo do meu marido fica. Só sai de lá no dia do Juízo Final.

— Mas, dona Maria Aparecida...

Num salto, ela se pôs de pé. Transtornada, tremia de fúria:

— Saiam, bandidos! Saiam da minha frente! Vocês mataram o meu marido, assassinos! E agora nem o cadáver dele vocês querem deixar em paz! Saiam! Saiam daqui!

Atraída pelos gritos, a filha Isabel veio correndo lá de dentro. Agarrou-se à mãe — acalme-se por favor, você não pode ficar nervosa, o médico diz que faz mal para você, por favor, mamãe — e por fim conseguiu levá-la para dentro, Maria Aparecida em prantos. Antes de entrarem, a moça voltou-se para os amedrontados diretores:

— Não voltem mais. Por favor, não voltem mais.

Na reunião extraordinária da diretoria, convocada para aquela noite mesmo, o assunto foi longamente discutido. Estavam todos muito nervosos, e não era para menos: como anunciar ao coronel que sua solicitação — não, sua solicitação não, sua ordem — não fora acatada? Que aquele homem poderoso havia sido desafiado por uma mulher ignorante, moradora de uma vila popular? Cogitaram de todas as alternativas, até mesmo dar um sumiço no túmulo (e no caixão). Meia dúzia de homens, com pás e picaretas, agindo na calada da noite, fariam a coisa em menos de uma hora. Claro, a viúva protestaria, aquele jornalista metido, o Abelardo, publicaria uma matéria com um título escandaloso, do tipo "Onde foi parar o túmulo do Bugio?", mas depois de algum tempo o assunto estaria esquecido, como sempre são esquecidos esses assuntos desagradáveis. O Pau Seco voltaria a jogar em seu estádio, agora brilhando com o notável Rubinho.

De qualquer modo era uma decisão que só o coronel poderia tomar. Telefonaram, pois, pedindo uma reunião secreta.

— Venham para cá — foi a cortante resposta.

Cara amarrada, o coronel ouviu o embaraçado relato dos diretores.

— Já consultei um advogado — disse Ranulfo. — E parece que a mulher tem direitos. Não há outro jeito, coronel: o túmulo tem de ficar lá.

O coronel olhava-o, em silêncio.

— O túmulo ficará — disse por fim. — Mas nas condições que eu determinar. Em primeiro lugar: estará cercado por uma grade, com um portão fechado a cadeado. E a chave desse cadeado ficará com os senhores.

Para os membros da diretoria aquilo era má notícia: caberia a eles enfrentar a irada Maria Aparecida.

— Mas o que acontecerá — perguntou Sezefredo — quando a viúva quiser visitar o túmulo? Afinal, é um direito que ela tem...

— Terá de pedir autorização — foi a ríspida resposta. — Assim se lembrará de que ninguém desafia o coronel Chico Pedro.

Era o velho caudilho que estava falando. Bem de acordo, aliás, com a tradição de sua família, que durante décadas mandara em Pau Seco e que sempre fora implacável no castigo dos inimigos, muitos dos quais precocemente enviados para o cemitério, o que sem dúvida contribuíra para lotar o campo-santo.

Ninguém tendo nada mais a dizer, o coronel levantou-se.

— Vão lá e transmitam a ela a minha decisão.

Mais uma vez, Ranulfo foi o encarregado de levar a mensagem. Pegou o carro e foi até a vila. Estava preparado para o pior. Para sua surpresa, no entanto, Maria Aparecida não berrou, não teve um ataque de fúria. A sua reação foi de frio e amargo desprezo:

— O coronel quer me dobrar, como dobrou a muita gente nesta cidade. Ele acha que pode tudo, mas não me conhece. O que ele quer mesmo é que eu tire o túmulo do estádio. Mas isso ele não vai conseguir. O túmulo fica. Mesmo cercado por grades, mesmo fechado a cadeado. O túmulo fica, e sabem por que fica?

Ranulfo não respondeu.

— Fica — prosseguiu Maria Aparecida — porque eu quero que os senhores se lembrem do sacrifício de Bugio.

— Dona Maria Aparecida — disse Ranulfo, com ar compungido —, eu não tenho palavras para —

— Nós não temos mais nada a falar — atalhou ela. — Saia, por favor.

Ranulfo saiu, resmungando.

Com aquela solução — estranha, mas uma solução de qualquer modo — o estádio podia ser devolvido à torcida do Pau Seco. Todos os vestígios da obra da Pirâmide do Eterno Repouso foram removidos. E, como queria o coronel, a grade com o portão foi instalada ao redor do túmulo.

A reinauguração, anunciada com estardalhaço, foi notícia até em grandes jornais do país. A razão principal, naturalmente, era o túmulo atrás do gol. "Campo de futebol ou campo-santo?", perguntava uma manchete, e um maldoso colunista sugeria que daí em diante as casas funerárias deveriam fazer um convênio com os clubes de futebol, para que os falecidos jogadores e torcedores continuassem, de certa maneira, presentes no cenário de sua paixão.

A ninguém a história perturbou tanto quanto a Rubinho. Aquela história do túmulo no estádio mexera com ele. Se antes já era nervoso, agora o problema se agravara. Dormia mal, não comia direito. Os companheiros notaram, perguntavam o que estava acontecendo, mas ele respondia com evasivas. Só se abriu com Catarina:

— Não vou jogar lá, mãe — dizia. — Aquele lugar é amaldiçoado.

Catarina tentou dissuadi-lo, dizendo que se tratava de uma bobagem:

— Estádio com túmulo ou sem túmulo, tanto faz, é estádio de qualquer maneira.

Ele se acalmou um pouco, mas ainda estava nervoso. Precisava de tempo para se acostumar com aquela situação. Tão tenso estava que um dia antes da partida acordou com torcicolo, e aí não podia jogar mesmo. O doutor Alfredo, a quem nada contou de seus terrores, receitou-lhe um remédio e recomendou repouso. Como explicou à diretoria, o jogo de inauguração era, afinal, um amistoso; melhor seria guardar o jogador para o importante campeonato regional.

Apesar da ausência de Rubinho, que seria uma grande atração, muita gente, até mesmo de cidades vizinhas, veio ao jogo: todo o mundo queria ver o túmulo atrás do gol. O mestre-de-obra tentara escondê-lo com uma espécie de tapume apoiado nas grades, mas o tiro saiu pela culatra: aquilo chamava ainda mais a atenção. No dia do jogo, até equipes de televisão estavam no local. Nem todos estavam satisfeitos com essa repercussão. Um repórter que foi à vila para entrevistar Maria Aparecida acabou expulso pelos indignados vizinhos.

O Pau Seco não foi muito feliz na partida de reinauguração: sem Rubinho, perdeu para o União e Vitória, com o desanimador placar de cinco a um. Não é só o Bugio que está morto, diziam, no dia seguinte, os torcedores do time vitorioso.

— Com Rubinho ou sem Rubinho o Pau Seco está liquidado — afirmava um deles, em pleno café do seu Luís.

Vocês não perdem por esperar, respondiam os pau-sequenses, o Rubinho vai se recuperar e dará uma lição a vocês.

Por tudo isso, a segunda partida, entre o Pau Seco e o Rio Vermelho, passou a ser aguardada com muita expectativa. E então algo estranho aconteceu.

De novo, Rubinho disse que não jogaria:
— Não tenho condições —, repetia para o médico —, continuo com dor.

A COLINA DOS SUSPIROS

O doutor Alfredo, que além de apaixonado por futebol era um excelente profissional, examinava-o e não encontrava nada de mais. Mas não tardou a atinar com o verdadeiro motivo das queixas do rapaz. Um dia antes do jogo foi à casa dele. Depois de concluir o exame, que, como das outras vezes, era normal, perguntou, como quem não quer nada:

— Escute, Rubinho. Você sabe que sou seu médico, mas acima de tudo sou seu amigo e seu fã. Tenho uma pergunta a lhe fazer, e quero que você me responda com toda a sinceridade. De acordo?

— De acordo — respondeu Rubinho, meio desconfiado. — O senhor pode perguntar o que quiser, o senhor é doutor.

— Então me diga: será que não tem alguma coisa incomodando você? Fazendo com que você não queira jogar?

O garoto se fez de desentendido:

— Qual coisa?

— O túmulo. O túmulo do Bugio. Acho que aquele túmulo está perturbando você.

A princípio o vexado Rubinho disse que não, que era bobagem, ele não dava importância para essas coisas. O médico insistiu — abra seu coração, fale, será melhor para você — e o rapaz acabou confessando. Sim, estava assustado:

— Doutor, tenho um medo terrível de morto, de cemitério, de túmulo.

Agarrou-se ao médico, olhos arregalados:

— Eu não posso jogar lá. O senhor tem de me dispensar, doutor. Por favor.

O doutor Alfredo tentou acalmá-lo, ponderando que aquilo não era solução. De nada adiantaria dispensar o rapaz de jogar uma partida, ou mesmo duas, ou três que fosse. Em algum momento, ele teria de voltar ao gramado, ou trocar de clube.

— Mas não esqueça que você assinou um contrato — lembrou. — Time nenhum vai comprar essa briga.

Rubinho começou a chorar.

— Que é isso, rapaz — disse o médico, condoído. — Não se desespere, a gente dá um jeito. Olha, eu vou te receitar um bom calmante, você vai ver que, com os nervos controlados, você consegue tirar isso de letra. De mais a mais, eu estarei lá: se achar que não dá mesmo para jogar, faça um sinal e eu mando você sair.

Ainda soluçando, Rubinho concordou:

— Está bem, doutor. Vou fazer o que o senhor diz. Mas não me abandone, doutor. Por favor, não me abandone. Eu preciso do senhor. Preciso de ajuda.

— Conte comigo — reforçou o médico. — Vou estar lá, qualquer coisa você me chama.

A verdade, porém, é que estava inquieto: já tinha visto muitos jogadores nervosos, mas agora era diferente. Algo lhe dizia que aquilo não terminaria bem.

Seus maus pressentimentos se confirmaram.

A segunda partida mobilizou a cidade — não, mobilizou a região. Colocados à venda três dias antes do jogo, os ingressos se esgotaram em questão de horas. O jogo seria às quatro da tarde de um domingo; antes do meio-dia as gerais já estavam totalmente tomadas.

No vestiário, o nervosismo de Rubinho aumentava a cada minuto. O doutor Alfredo, que não saía de perto dele, procurava ampará-lo: vai dar tudo certo, você verá, depois do jogo vai até achar graça desse seu medo.

A COLINA DOS SUSPIROS

Finalmente, as duas equipes entraram em campo. Rubinho foi aplaudidíssimo. Tão logo começou o jogo, ele se transformou: parecia ter vencido o medo, porque logo se revelou o demônio que todos já conheciam. Fez tudo o que sabia fazer: passes de mestre, dribles fantásticos, dois gols, em rápida sucessão. No intervalo, não cabia em si de contente.

— O senhor tinha razão! — disse ao doutor Alfredo. — Consegui vencer o medo!

— Que bom, Rubinho — disse o médico. — Que bom que você conseguiu.

Mas não estava inteiramente tranquilo. Era rápida aquela melhora, rápida demais. A euforia do jogador era exagerada, para quem, poucos dias antes, mostrava-se tenso e ansioso. O médico temia que alguma coisa acontecesse de repente. E tinha razão.

Veio o segundo tempo. O time adversário agora estava com o gol fatídico, aquele atrás do qual ficava o túmulo de Bugio.

Quando Rubinho se deu conta, empalideceu, a tal ponto que o juiz chegou a se alarmar:

— Você está se sentindo mal? Quer que chame o médico?

— Não precisa — foi a seca, mas vacilante, resposta. — Estou bem, seu juiz. Pode começar.

O árbitro fez soar o apito, e de início parecia mesmo que Rubinho tinha melhorado, porque jogava bem — não tão bem quanto no primeiro tempo, mas, de qualquer maneira, bem. E aí aconteceu.

Na intermediária, Rubinho recebeu uma bola e partiu para o ataque. Driblou um adversário, driblou o segundo e, frente a frente com o goleiro, ia chutar — quando de repente parou, soltou um grito, cobriu o rosto com as mãos e caiu de joelhos.

67

Um silêncio mortal caiu sobre o estádio. De pé, perplexos, os torcedores olhavam, sem saber o que tinha acontecido. O doutor Alfredo imediatamente correu até Rubinho, que era a própria imagem do terror: olhar esgazeado, o suor correndo-lhe pelo rosto, repetia, numa voz estrangulada:

— Eu vi, doutor, eu vi, doutor!

— Mas você viu o quê? — o médico, impressionado.

— O Bugio, doutor! Eu vi o Bugio! Ele saiu do túmulo, doutor, ele estava usando o uniforme do Pau Seco! Ele estava me olhando, doutor!

O doutor Alfredo tentava a todo custo contê-lo:

— Calma, rapaz, calma, foi uma visão que você teve, isso não aconteceu.

Mas era inútil.

— Ele não me quer aqui, doutor — gritava Rubinho, agarrado ao médico. — Ele voltou para me dizer que não me quer aqui. O morto não me quer aqui, doutor. Ele não me quer aqui.

Levaram-no para o vestiário, onde o médico lhe deu um calmante. O jogo continuou. O Pau Seco, como de costume, perdeu.

Tão agitado estava o Rubinho nos dias que se seguiram que o doutor optou por hospitalizá-lo. Inventou um diagnóstico qualquer, disse que o tratamento seria intensivo, proibiu as visitas. Só os pais podiam ter acesso ao quarto. Manuelzão estava possesso:

— Eu disse que essa história ia acabar mal. Vocês viraram a cabeça do garoto e foi isso que deu.

Apesar da hostilidade do pai de Rubinho, os diretores do Pau Seco, ansiosos, não saíam do pequeno hospital — que jamais vira tal movimentação. Claro, não só estavam preocupados com a saúde do garoto mas também com a situação do clube.

— Que azar — lamentava Gregório —, logo agora que o Pau Seco estava tirando o pé da lama nos acontece isso.

Finalmente, Rubinho começou a melhorar, e o médico permitiu que o visitassem. A diretoria foi toda ao quarto do rapaz, que era o melhor do hospital, pago pelo clube, naturalmente. Como dizia Antão, em se tratando de um craque, despesa era o de menos. Encontraram o rapaz sentado numa poltrona, pálido, mas aparentemente em boas condições de saúde, o que os deixou animados.

— Então, jovem — perguntou Ranulfo, sempre orgulhoso de sua habilidade como relações públicas —, como está se sentindo agora?

— Bem — disse Rubinho, sem olhá-lo. — Estou bem, obrigado.

Fez-se silêncio, um silêncio incômodo. Amavelmente Ranulfo insistiu:

— Não está faltando nada? Estão lhe tratando bem?

— Não falta nada. — A mesma voz inexpressiva. — Estão me tratando bem.

— E a comida? É boa?

— Boa. Nenhum problema. Boa.

Novo silêncio, e desta vez foi Antão que, ansioso, fez a pergunta que estava na cabeça de todos:

— E quando é que você volta a treinar?

Sentado na poltrona, Rubinho baixou a cabeça e por alguns minutos ficou imóvel. Por fim, olhou os diretores:

— Eu não vou mais treinar. Não vou mais jogar.

— Como? — Gregório estava surpreso, e alarmado continuou: — Você não vai mais jogar futebol?

— Não naquele estádio. Ali não jogo mais.

— Mas o coronel—

— O coronel vai ter que me perdoar. Lá eu não posso jogar.

Os diretores não se conformavam; nervosos, começaram a falar todos ao mesmo tempo, era um despropósito, aquilo, um jogador de tanto futuro, o sucessor do Pelé, não podia deixar de jogar só por causa de um medo absurdo.

Mas Rubinho não queria papo. Subitamente, pôs-se de pé:

— Se me dão licença, quero me deitar. Estou muito cansado.

Os diretores saíram do hospital arrasados. Dificilmente poderiam ter ouvido notícia pior. E inesperada. Afinal, o doutor Alfredo dissera que o Rubinho estava melhorando. E se estava melhorando, o lógico era esperar que voltasse a jogar. Na saída do hospital, deram com o médico, que vinha chegando, e contaram o que tinha se passado.

— O rapaz está completamente transtornado — disse Gregório. — Não há nada que se possa fazer, doutor? Algum remédio, alguma coisa que bote a cabeça dele em ordem?

O doutor Alfredo suspirou:

— Bem... o que querem que eu lhes diga? Ele decidiu que não vai jogar, e acho que não mudará de ideia, não adianta forçar. Talvez uma psicoterapia... Não sei. Francamente, não sei.

Ainda mais desanimados e confusos, os diretores foram à casa de Gregório, que era a que tinha o melhor uísque. Depois de se servirem de doses generosas, sentaram-se no *living* para discutir a situação. Falaram, falaram, mas ninguém tinha a menor ideia do que deveria ser feito.

— Parece maldição — disse Antão, em tom lamurioso. — Maldição do Bugio, claro. Ele deve estar rindo da nossa desgraça.

Fez-se silêncio.

— Esperem um pouco — exclamou Ranulfo. — Isso me deu uma ideia. Já sei quem vai resolver o nosso problema.

— Quem? — perguntou Antão, intrigado— e suspeitoso: não gostava muito do colega de diretoria, considerava-o um sujeitinho metido a importante.

— A tia Inácia.

Os diretores se olharam, perplexos. A tia Inácia era a adivinha mais conhecida da cidade: tarô, bola de cristal, búzios, era tudo com ela. Todos a consultavam, principalmente os jogadores de futebol. Agora — de que maneira ela faria o rapaz voltar ao campo?

— O que é que você está planejando? — perguntou Antão, suspeitando de algo.

— Deixa comigo — foi a enigmática resposta.

— Veja lá o que você vai fazer — advertiu Antão. — Se você prejudicar o garoto, o coronel acaba com você. E se o coronel não fizer isso, eu faço.

— Pode deixar — repetiu Ranulfo. — Eu sei exatamente o que fazer.

Levantou-se.

— Mas não falem desse assunto com ninguém. Repito: com ninguém. Para o meu plano dar certo, esta conversa tem de ficar em segredo.

Sorriu mais uma vez, despediu-se e saiu.

Foi direto ao escritório, e de lá mandou chamar tia Inácia. Tinha um bom pretexto para isso: era proprietário da casa onde a velha morava e onde atendia a vasta clientela. Recebeu a mulher no seu escritório, fechou a porta, depois voltou-se para ela, sorridente:

— Adivinhe por que mandei lhe chamar.

Tia Inácia, uma mulher baixinha e gordinha, já na casa dos setenta, mas bem conservada, sacudiu a cabeça:

— Não faço a menor ideia, doutor.

Estava claramente preocupada, o que para o diretor social era ótimo. Ele até se deu ao luxo de ironizar:

— Mas que adivinha é você? Adivinha tem de adivinhar, não tem? Bom, não importa. O negócio é o seguinte...

Fez uma pausa e olhou para a mulher, cuja ansiedade era mais do que visível.

— Estou com um negócio em vista, um bom negócio. E para isso vou precisar da casa.

Ela pôs-se de pé, derrubando a cadeira.

— A casa, doutor? A casa onde moro? A casa onde atendo os clientes? Mas eu estou lá há mais de dez anos, doutor! O senhor sempre disse que eu não me preocupasse, que enquanto pagasse o aluguel em dia não haveria problema. E agora me vem com esta história! Para onde é que eu vou, doutor? Me diga, para onde é que eu vou?

— Problema seu, tia Inácia — Ranulfo, seco.

— Lembre-se, nem contrato a senhora tem. Portanto, não pense em criar caso. Num instante eu lhe ponho na rua.

Ela começou a chorar:

— Ai, doutor, não faça isso comigo, eu sou uma mulher velha, sozinha, não tenho para onde ir, doutor, por favor, tenha pena de mim...

Ranulfo mal pôde conter um sorriso: as coisas estavam se encaminhando para onde ele queria.

— Pensando bem, eu talvez possa lhe deixar lá. Mas, em troca, a senhora vai me prestar um serviço.

Ela parou de chorar. Olhou-o, espantada.

— Serviço, doutor? Que serviço eu posso prestar ao senhor?

Ele mirou-a, fixo.

— Conhece o Rubinho? O jogador de futebol? É com ele, o serviço.

Inclinou-se para a frente:

— Preste bem atenção...

No dia seguinte Rubinho teve alta e voltou para casa. Os vizinhos, curiosos, vieram saber como ele estava, mas Manuelzão mandou-os embora:

— Deixem o garoto em paz. O doutor disse que é para ele descansar.

Pouco depois, porém, um garotinho bateu à porta:

— Tenho um recado urgente pro Rubinho.

Foi entrando e anunciando ao jogador, que estava sentado na sala:

— A tia Inácia quer falar com você. Disse que recebeu uma mensagem muito importante e que precisa transmitir a você. É uma mensagem do além. Você tem de ir lá.

Rubinho ouviu em silêncio, pálido. Percebendo que o recado perturbara o filho, Manuelzão alarmou-se:

— Não vá, Rubinho. Aquela mulher é safada. Na certa vai aprontar alguma para você.

Conselho inútil. Como muitos na cidade, Rubinho respeitava — e temia — a adivinha. Um chamado dela era uma ordem. Vestiu-se rapidamente e foi até a casa de tia Inácia. Bateu à porta, que logo se abriu — evidentemente ela o esperava. Fê-lo entrar, mirou-o de alto a baixo:

— Então, você é que é o famoso Rubinho. Como é que você está? Ouvi dizer que você teve um problema...

Sem poder se conter, ele começou a chorar.

— Ai, tia Inácia, que desgraça, que desgraça... Se a senhora soubesse o que me aconteceu no jogo...

A velha sorriu, misteriosa.

— Mas eu sei. Eu sei o que aconteceu a você no jogo.

— Como? — Ele mirou-a, assombrado. — A senhora sabe? O que a senhora sabe?

— Tudo. Sei que você viu o Bugio sobre o túmulo, olhando para você. E era para ver mesmo. Ele voltou do além por causa de você.

— Por minha causa? Quem lhe disse?

— O Bugio. O espírito do Bugio.

O espírito do Bugio? Rubinho chegou a cambalear de tão assustado; deu meia-volta e ia fugir, mas tia Inácia o segurou.

— Não tenha medo. O Bugio não voltou para se vingar. Ao contrário, ele quer ajudar você.

Rubinho, suando frio, vacilava ainda. A adivinha insistiu:

— Ele tem coisas muito importantes a lhe dizer. Entre aqui.

Pegou o rapaz pelo braço, introduziu-o numa pequena sala, fechada, iluminada apenas por uma fraca lâmpada: era ali que atendia os clientes. Fê-lo sentar-se a uma mesa, coberta por uma velha toalha de veludo vermelho, sentou-se diante dele e comandou:

— Dê-me as mãos e feche os olhos.

Rubinho obedeceu. Por uns minutos, que lhe pareceram anos, nada aconteceu. E então ouviu-se uma voz, uma voz cavernosa que parecia vir de muito longe:

— Estou aqui, amigo Rubinho. Estou aqui para falar com você.

— Bugio? — Rubinho, trêmulo. — É você, Bugio?

— Sou eu, Rubinho.

O espírito de Bugio? Não. Aquilo tudo tinha sido bolado pelo astuto Ranulfo. A voz era de Ildefonso, um locutor aposentado. De sua passagem pelo radioteatro, Ildefonso guardara uma habilidade: era capaz de imitar qualquer voz.

— E onde é que você está, Bugio?

Pequena hesitação. Evidentemente Ildefonso não estava preparado para responder a tal pergunta. Quer dizer: não estava preparado para dizer a verdade. Estava na sala ao lado. Dali falava, por um microfone, ao alto-falante oculto sob a mesa. Hesitou um instante, e então uma ideia lhe ocorreu:

— No limbo, Rubinho — disse, com a mesma voz cavernosa. — Estou no limbo.

— Limbo? — Em matéria de além-túmulo os conhecimentos de Rubinho não eram grande coisa. — O que é isso?

— É o lugar onde ficam as almas penadas. As almas que não podem descansar.

— E você não pode descansar? Mas por quê? — Rubinho, inquieto: seria uma acusação, aquilo? Será que Bugio o considerava, de alguma forma, responsável por sua morte?

— Porque não cumpri minha missão. — Agora Ildefonso falava com desenvoltura, ajudado por um bom trago — nunca ficava longe da garrafa, mesmo em missões especiais como aquela, principalmente em missões especiais como aquela: graças à cachaça, em poucos segundos incorporara o papel de alma penada. — Eu deveria ajudar o Pau Seco a se transformar num grande time. Mas morri, como você sabe. Morri sem me desincumbir de minha tarefa. Por causa disso não posso ir para o céu.

Nesse momento ouviu-se uma espécie de rangido agudo: o sistema de som não era grande coisa. Antes que Rubinho desconfiasse de algo, Ildefonso — Bugio — apressou-se a continuar:

— Mas você pode me tirar daqui, Rubinho. Você pode me ajudar a ir para o céu, onde encontrarei tantos grandes jogadores do passado. Você pode me libertar, Rubinho.

— Mas como? — A voz de Rubinho era quase um sopro. — Como posso fazer isso, Bugio?

— Volte a jogar, Rubinho. Volte a jogar como você sabe, como todos esperam que você jogue. E cada vez que a rede do gol perto do meu túmulo balançar com um chute seu, terei dado mais um pas-

A COLINA DOS SUSPIROS

so em direção ao céu, que é o meu destino final. Eu não posso chegar lá, não posso sair do limbo, porque estou preso, compreende? Preso a uma promessa que não foi cumprida. Quando você conquistar o campeonato para o Pau Seco, estarei livre.

De novo, estranhos sons — estava ruim mesmo aquele equipamento. Tia Inácia chegou a se mexer na cadeira, inquieta. Ildefonso achou que era melhor terminar a transmissão, antes que Rubinho desconfiasse. De modo que partiu para o sumário mas eloquente pronunciamento final:

— Um dia, Rubinho, estarei jogando futebol no céu, num estádio construído sobre nuvens. Os anjos serão a nossa torcida, e o próprio Deus fará a arbitragem. Nesse dia eu estarei me lembrando de você e rezando por seu sucesso. Não me decepcione, Rubinho. Por favor, não me decepcione. Você é a minha última esperança. Adeus... Adeus... Adeus...

Ildefonso, então, recorreu aos recursos de sonoplastia: a cada "adeus", diminuía um pouco o volume, de modo a dar a impressão de que a alma se distanciava cada vez mais no limbo. O truque funcionou; Rubinho estava profundamente impressionado. Mais do que isso: sentia-se aliviado, livre. O que ouvira naquela sala equivalia a uma verdadeira absolvição. A penosa lembrança de Bugio sobre o túmulo já não o apavorava. Ao contrário: aquilo seria uma ajuda, a ajuda de que ele estava precisando.

Num impulso abraçou e beijou tia Inácia — que deveria estar se sentindo a última das mortais, mas não demonstrava — e saiu como um furacão, porta afora. Correu à casa de Antão, tocou insistentemente a campainha. Quando ele apareceu, abraçou-o, num incontido júbilo:

— Estou voltando, seu Antão. Pode avisar o pessoal: amanhã mesmo estou treinando.

A notícia fez vibrar a torcida do Pau Seco. Ninguém entendia bem o que estava acontecendo, e Ranulfo se recusava a contar o que tinha feito, mas a alegria era geral. No dia seguinte houve treino e muitas pessoas foram ao estádio. A atuação de Rubinho foi magnífica, melhor do que em qualquer um dos treinos anteriores. Marcou cinco gols, um atrás do outro, e até os companheiros vinham cumprimentá-lo: agora estavam orgulhosos de jogar ao lado daquele prodígio. Todos estavam surpresos, e mais que todos, o doutor Alfredo. O medo do rapaz, aquele medo patológico, doentio, parecia ter desaparecido. Agora, cada vez que ele fazia um gol, ficava olhando para o túmulo de Bugio.

(O doutor não sabia que Rubinho estava, mesmo, falando com o espírito do falecido jogador: este gol foi para você, Bugio.)

A próxima partida contra o União e Vitória era agora esperada com ansiedade. Tudo indicava que ela marcaria a consagração de Rubinho e do Pau Seco. Uma grande festa começou a ser preparada. Mas não chegaria a se realizar.

Dois dias antes do jogo Rubinho procurou tia Inácia. Queria falar de novo com o espírito de Bugio. Dessa vez a comunicação com o limbo teria objetivos práticos: sentia necessidade de receber conselhos e o

A COLINA DOS SUSPIROS

apoio do veterano jogador. Tia Inácia concordou, claro, e marcou o encontro com o além para o dia seguinte, avisando Ildefonso. O ex-radialista preparou cuidadosamente o *script*, com várias recomendações ao jogador. Uma coisa, contudo, preocupava a ambos: aquele alto-falante sob a mesa. Estava cada vez mais barulhento. Temendo que Rubinho desconfiasse, ou mesmo que descobrisse a tramoia, tia Inácia tomou a iniciativa de chamar um homem para consertar aquela coisa.

Erro. Erro desastroso.

O homem, além de razoável técnico em eletrônica, era um fanático torcedor do União. Quando viu o alto-falante, imediatamente ligou-o à história de Rubinho — e desconfiou. Fez o conserto, mas deixou, bem escondido, um pequeno gravador, daqueles acionados por som, acoplado ao sistema.

— Amanhã passo aqui para testar de novo — disse, em tom casual, e foi-se.

Voltou dois dias depois e, tal como suspeitava, havia uma conversa gravada. Quando o homem a ouviu, teve certeza de que aquilo era prato quente, quentíssimo. Correu à rádio com a fita. O dono não hesitou: pagou um bom dinheiro. Durante toda a tarde, boletins periódicos anunciaram que o programa esportivo da noite traria um furo sensacional. E conseguiu seu objetivo: toda a cidade de Pau Seco ouviu, contorcendo-se de tanto rir, a conversa entre Rubinho e Ildefonso-Bugio.

De manhã, aquele era o assunto em todas as rodas. Até mesmo os torcedores do Pau Seco tinham de admitir: a história era mesmo muito engraçada.

O pessoal da rádio queria ouvir Rubinho, mas não conseguiu. O rapaz tinha sumido. Logo depois do programa de rádio ele saíra de casa, claramente transtornado, e não fora mais visto. A família não sabia de seu paradeiro.

Apesar de tudo isso, o jogo se realizou. O Pau Seco sofreu mais uma acachapante derrota. No dia seguinte, vários cartazes apareceram nos muros da cidade. Mostravam Bugio sentado sobre nuvens, em que aparecia a palavra "Limbo", segurando uma bola e dizendo: "Eu prometi que iria me vingar".

A Manuelzão e Catarina pouco interessava o resultado daquele ou de qualquer outro jogo do Pau Seco. Quero o meu filho, dizia Catarina, desesperada. Sabia que, no fundo, Rubinho não passava de um garoto frágil, desamparado, vivendo uma aventura que mal compreendia e que provavelmente lhe bagunçara a cabeça. Para onde poderia ter ido? Que perigos estaria correndo?

Manuelzão, furibundo, recriminava a mulher:

— Eu sempre disse que essa história de futebol não daria certo. Mas não, você e aquele seu amigo, o padre, tinham de me convencer do contrário.

Catarina, porém, não estava disposta a manter polêmicas inúteis. Não adiantava chorar sobre o leite derramado, o negócio era tomar providências, e providências urgentes.

— Vá à delegacia de polícia — disse ao marido. — Conte ao delegado o que aconteceu, peça ajuda. É um bom homem, ele —

— Delegado porra nenhuma — gritou Manuelzão. — Eu sei muito bem quem devo procurar.

Foi direto à casa de tia Inácia. Entrou, como um furacão, sem bater e foi direto para a sala onde a adivinha atendia os clientes. Uma senhora que estava ali, e que acabara de formular uma pergunta crucial — queria saber se o marido a traía —, levantou-se e fugiu, pensando que se tratasse de um assalto. O irado Manuelzão agarrou tia Inácia pelo pescoço:

— Quero saber onde está o meu filho. Anda logo, bruxa velha, fala: onde está o Rubinho?

Apavorada, meio asfixiada por aquelas mãos, que eram verdadeiras tenazes, a tia Inácia não conseguia falar. Quando, finalmente, Manuelzão a soltou, gaguejou, numa voz sumida, estrangulada:

— Não sei de seu filho, Manuelzão. Juro que não sei.

— Mentira! — gritava Manuelzão. — Mentira! Quem fez a cabeça do coitado, velha safada? Hein? Quem fez a cabeça dele — senão você?

A muito custo tia Inácia conseguiu convencer o homem de que dizia a verdade. Mas teve de admitir que participara de uma encenação para enganar Rubinho.

— Eles me obrigaram, Manuelzão.
— Eles, quem?
— A diretoria. O Ranulfo ameaçou me botar pra fora desta casa se eu não convencesse o Rubinho a jogar. Me perdoe, Manuelzão, me perdoe!

Manuelzão saiu dali e foi direto ao escritório de Ranulfo. A secretária tentou detê-lo, mas sem resultado. Ele a empurrou para o lado e entrou como um furacão na sala de Ranulfo, que se levantou, alarmado:

— Em que posso servi-lo, Manuelzão? Eu — Manuelzão não o deixou terminar. Agarrou-o pela gravata e intimou:

— Vocês têm de achar o meu filho. Senão, acabo com você — e com toda a diretoria.

Uma ameaça não desprezível: apesar de cardíaco, o antigo pedreiro ainda tinha uma descomunal força física. Ranulfo tratou de acalmá-lo:

— Vamos fazer tudo o que estiver ao nosso alcance, Manuelzão. Afinal de contas, nós também precisamos do Rubinho. Vá para sua casa, aguarde lá. Garanto que o rapaz vai aparecer. Ele se incomodou um pouco, resolveu desaparecer por uns tempos. Mas quando esfriar a cabeça, ele volta, fique tranquilo.

Não convencido — mas sem outra alternativa —, Manuelzão largou-o. Antes de sair, contudo, voltou-se:

— Achem o meu filho. Ou então, sumam. Porque vou caçar vocês onde estiverem.

Enquanto isso, e agindo por conta própria, Catarina foi a dois lugares: primeiro, à delegacia, onde registrou o desaparecimento de Rubinho e pediu providências ao delegado, e depois à rádio e ao jornal. Botando o dedo no nariz dos responsáveis, exigiu que reparassem o mal que, segundo ela, tinham feito ao rapaz.

— Por causa de vocês ficou todo o mundo gozando com a cara do meu filho. Por causa de vocês ele foi embora. Agora tratem de encontrar o coitado, ou vocês vão pagar caro por isso.

Em poucas horas toda a população de Pau Seco estava envolvida no caso. Achar Rubinho transformara-se em questão de honra para a cidade.

Foi formado um comitê encarregado de organizar as buscas. Dele faziam parte o delegado, o jornalista Abelardo, o padre Damião, além do diretor de futebol do Pau Seco, Antão, e do doutor Ramiro. O administrador do cemitério estava muito preocupado com o desaparecimento de Rubinho, mas por razões pragmáticas. Com a derrocada do Pau Seco as coisas voltariam à situação anterior, ou seja, o clube de novo teria de abrir mão do estádio e a questão da Pirâmide do Eterno Repouso voltaria à baila. Só que agora com uma péssima imagem, associada à triste e grotesca história de Rubinho: "A tal de Pirâmide fica naquele lugar onde um jogador enlouqueceu...". Nessas circunstâncias, tocar o projeto seria muito difícil. Agora, se Rubinho fosse encontrado e voltasse a jogar no time, com o sucesso anterior o clube retomaria o estádio, o que não desagradava o doutor Ramiro, que já tinha se incomodado demais com aquela história. Achar o jogador parecia uma boa solução, daí a presença dele no comitê.

A ausência mais notável era, naturalmente, a do coronel. Não que ele não tivesse sido avisado do desaparecimento de Rubinho. O próprio Antão fora à fazenda para lhe comunicar o fato, e para convidá-lo a integrar o autodenominado Comitê de Buscas. O coronel reagira com a secura habitual.

— Não gosto de comitês — foi sua resposta.

No fundo, porém, estava muito abalado. Tão abalado que o próprio Ratão se impressionou com a depressão do chefe, chegando a comentar com amigos:

— Parece que o homem perdeu um filho.

Filho, o coronel não tinha — para seu desgosto era pai de quatro filhas —, mas sem dúvida a observação procedia: era como se estivesse de luto. Nem por isso, contudo, renunciou à sua característica arrogância.

— O tal de Rubinho, para mim, é um capítulo encerrado — disse a Ratão. — Não quero mais ouvir falar nesse assunto.

O Comitê de Buscas imediatamente pôs mãos à obra. Cartazes foram impressos, com fotos de Rubinho, para serem espalhados por toda a região; as rádios repetiam a toda hora o aviso de seu desaparecimento, listando vários números telefônicos para comunicação; e Catarina chegou a ir a um popular programa de tevê, onde, diante das câmeras, implorou por notícias do filho. Empresários da cidade, liderados por Bento de Oliveira Machado, ofereceram uma recompensa para quem desse qualquer informação sobre o paradeiro do jogador.

Cinco semanas se passaram — e então veio uma notícia do Rubinho. Alguém telefonou para a casa do Libório, um vizinho de Manuelzão, e o único nas redondezas com telefone, pedindo para avisar à família que Rubinho estava bem, que de momento não poderia retornar a Pau Seco, mas que voltaria a fazer contato.

Manuelzão, Catarina e os irmãos de Rubinho receberam a notícia com enorme alívio — com alegria, até. Pelo menos o rapaz estava vivo e, ao que tudo indicava, com saúde. Que não quisesse voltar era estranho e triste, mas havia uma explicação plausível: o rapaz estava magoado com a cidade, decidira ficar afastado. Questão de tempo: quando absorvesse o trauma, regressaria.

Já a diretoria do clube e a torcida aceitaram a perda do seu mais promissor jogador como um fato consumado. Era obra do destino, e significava que o clube teria mesmo de cortar despesas. Os diretores, depois de tentarem inutilmente um encontro com o coronel, resolveram: o estádio seria, sim, transformado em cemitério, como anteriormente planejado. O doutor Ramiro recebeu a notícia sem nenhum entusiasmo. Mas era responsável pelo projeto e agora teria de levá-lo adiante, gostasse ou não. Tratou de conseguir operários — quatro, como antes — e deu ordens para que as obras prosseguissem, no ritmo lento de sempre. Adotou uma providência adicional: proibiu que os operários jogassem futebol nas horas livres.

— Já deu azar uma vez. Não quero que dê azar de novo.

Várias semanas se passaram, e as coisas em Pau Seco começaram a voltar ao normal. O desaparecimento de Rubinho ficou quase esquecido; não para a família, claro, que sentia enorme falta do rapaz, mas para as pessoas em geral. Às vezes, no café do seu Luís, alguém perguntava:

— E o Rubinho? Temos notícias dele?

Não, ninguém tinha notícias de Rubinho. E logo em seguida, outro assunto, mais atual — eleições municipais, por exemplo —, vinha à tona. Passados dez meses do desaparecimento, Abelardo escreveu um comovido artigo no jornal, intitulado "Por onde andará o Rubinho?". Nesse dia, o garoto foi muito lembrado na cidade, mas já na manhã seguinte a história caíra no esquecimento. Rubinho aparentemente era mais um dos muitos jovens que diariamente desaparecem neste país.

Mas havia quem não se conformasse com a situação.

Passado o choque inicial, o coronel Chico Pedro havia decidido: encontraria Rubinho. Foi o que disse ao surpreso Ratão:

— Hei de descobrir onde está o rapaz e hei de trazê-lo de volta, nem que seja a última coisa que faça na vida.

O solene anúncio impressionou o empregado, que, contudo, achou aquilo um empreendimento de antemão fracassado. Chegou a pensar que o patrão estava ficando gagá. Atreveu-se, pois, a ponderar:

— Mas, coronel, até agora ninguém achou uma pista dele, nem a diretoria do Pau Seco, nem o jornalista Abelardo...

— Incompetentes! — bradou o coronel. — Cambada de incompetentes! Não enxergam um palmo diante do nariz. Ah, mas comigo será diferente, você vai ver.

Mais não disse, nem mais se atreveu Ratão a perguntar. No dia seguinte um automóvel sem placas e com vidros fumê entrou na fazenda e parou diante da casa. Dele desceu um homem usando óculos escuros, chapéu — apesar do calor de trinta e dois graus — e uma pesada capa impermeável.

— O coronel está me esperando — disse a Ratão, que estava ali consertando a grade da varanda.

— Como é a sua graça? — perguntou o empregado.

— Não é da sua conta — foi a brusca resposta.
— Leve-me até ele.

Era tão imperativo o tom que Ratão não se atreveu a desobedecer: escoltou o homem até o escritório. Para sua surpresa, o coronel recebeu com efusão o recém-chegado; fê-lo entrar e fechou a porta, não sem antes dizer ao empregado que não queria ser incomodado.

Uma hora depois o homem saiu. Sem dizer nada, embarcou no carro e foi-se. O discreto Ratão evitou comentar a visita. Mas ficou-lhe a certeza de que ainda ouviria falar no homem de capa e chapéu.

Três semanas depois, um novo personagem apareceu em Pau Seco. Diferente do sinistro tipo que Ratão havia recebido na fazenda, nada tinha de misterioso; pelo contrário, era um homem simpático, sorridente, usando um terno bem-cortado, ainda que um tanto espalhafatoso, e carregando uma pasta igualmente vistosa. No café do seu Luís, o homem perguntou pelo escritório do doutor Ramiro e foi até lá. O que resultou dessa visita foi uma surpresa, não só para o doutor Ramiro como também para toda a cidade.

No escritório, o homem se apresentou como representante de investidores — que investidores eram, não explicou, só disse que se tratava de gente com dinheiro e querendo aplicar o capital em empreendimentos de futuro.

— O que interessa a meus clientes — disse, abrindo a pasta e dela extraindo um prospecto da Pirâmide do Eterno Repouso — é isto.

O doutor Ramiro não podia acreditar no que estava ouvindo. Investidores interessados em seu projeto? Aquilo era uma coisa que nem mesmo no auge do otimismo ele teria imaginado. E justamente agora, quando ele começava a perder a fé na própria ideia! A notícia era tão boa que o deixou desconfiado, obrigando-o a fazer uma pergunta que a qualquer comprador soaria completamente maluca:

— Escute, amigo, você tem certeza de que quer mesmo investir neste empreendimento?

— Certeza absoluta — foi a enfática resposta. — Meus clientes estudaram muito bem o assunto e acham que se trata de uma grande inovação. De modo que estou preparado para comprar, no momento, duzentos jazigos.

Duzentos jazigos? Se o doutor Ramiro não estivesse sentado, teria caído no chão. Duzentos jazigos, aquilo era o que ele esperava vender em quatro ou cinco anos. Achou bom demais para ser verdade.

— E como o senhor pagará por esses jazigos? — perguntou, desconfiado.

— A vista, naturalmente — respondeu o homem. — O senhor não tem, na sua tabela, um preço para venda a vista e outro para venda a prazo? Pois os meus clientes querem comprar a vista. Por favor, prepare o recibo, porque vou lhe pagar agora.

— Com cheque? — o doutor Ramiro, de novo suspeitoso. — Eu não costumo trabalhar com cheques porque...

— Em dinheiro — o homem abriu de novo a pasta, sacou de lá vários maços de notas. — Está aí, pode contar.

O doutor Ramiro agora estava simplesmente atordoado. Nunca tinha visto tanto dinheiro. Estendeu cautelosamente a mão, apanhou uma nota, examinou-a: não, não parecia falsa. Examinou outra: mesma coisa. O homem o observava, divertido.

— O negócio é para valer, meu amigo, pode crer. Vamos, faça o recibo.

Tão excitado estava o doutor Ramiro, tão trêmulo, que inutilizou vários formulários de recibo, antes de conseguir preencher um deles com todos os dados. O corretor examinou o papel, guardou-o na pasta.

— Mais uma coisa — disse —, estou informado de que o senhor já vendeu alguns jazigos perpétuos, é certo?

— Oito — respondeu o doutor Ramiro.

— Pois os meus clientes querem comprar esses oito. Entenda: eles preferem ter controle total sobre o empreendimento.

O doutor Ramiro ia ponderar que tal coisa não estava a seu alcance, que não tinha como interceder junto aos proprietários, mas o corretor já vinha com um argumento poderoso:

— Pago o dobro do preço. E, para o senhor, uma comissão de dez por cento sobre esse valor.

Ah, mas aquilo era demais. Se Papai Noel tivesse chegado à Terra, não teria trazido presente melhor. E o doutor Ramiro não duvidava de que o homem estivesse falando sério — a pasta parecia conter ainda uma boa quantia em dinheiro —, por isso apressou-se a aceitar a oferta.

— Vou avisar todos os proprietários de jazigos — disse. — Acho que, nessas condições, não haverá problema.

— Ótimo — concordou o corretor. — É muito bom fazer negócio com o senhor. Aliás, continuaremos em contato. Meus clientes seguramente vão querer comprar mais jazigos.

MOACYR SCLIAR

— Estou inteiramente às suas ordens — disse o doutor Ramiro. — Há mais alguma coisa que eu possa fazer pelo senhor?

— Sim. Não venda nenhum jazigo sem entrar em contato comigo. Eu cubro qualquer oferta. Aqui está o meu cartão, o senhor pode me telefonar a qualquer hora do dia ou da noite.

O endereço no cartão era o de um escritório localizado na capital do Estado, o que deixou o doutor Ramiro ainda mais impressionado. Mas então sentiu-se na obrigação de esclarecer o corretor acerca de um detalhe:

— Eu tenho de lhe avisar que a construção da Pirâmide está muito devagar. Problemas de dinheiro, o senhor sabe. Agora, se o senhor quiser que ande mais ligeiro...

— Pelo contrário: queremos que ande mais devagar ainda — disse o corretor. E, diante do assombro do doutor Ramiro, esclareceu: — Meus clientes pretendem que o empreendimento seja relançado, talvez em novas bases. Teremos até mesmo de rever o projeto arquitetônico. Por isso o senhor não precisa se preocupar em apressar as obras. Pode até ser contraproducente.

Não seria necessário apressar as obras? Exatamente o contrário do que o doutor Ramiro imaginara. Mas àquela altura tantas tinham sido as surpresas que ele já não estranhava mais nada. Assim, se o homem estava pagando, não havia o que discutir: todas as esquisitices estavam justificadas.

Algo, porém, ainda incomodava o doutor Ramiro, algo que ele, num acesso de honestidade, se viu obrigado a transmitir ao corretor:

— Tem uma coisa que o senhor talvez não saiba...

— O que é?

— Além da construção... existe um túmulo no local.

— Sei — disse o homem. — O túmulo do jogador Bugio, não é? Aquele que morreu durante uma partida.

De novo o doutor Ramiro abriu a boca, espantado:

— O senhor esteve lá?

— Não — respondeu o corretor. — Não estive. Mas conheço a história desse túmulo, e da confusão com a viúva, uma tal de dona Maria Aparecida — não é esse o nome? Agora: não se preocupe. Meus clientes estão informados a respeito, e acham que isso não atrapalhará o negócio. No momento preciso teremos a solução para este caso.

Consultou o relógio e levantou-se.

— Bem, vou indo. É uma longa viagem, e eu preciso chegar logo. Meus clientes vão querer saber do resultado desta missão.

Sorriu:

— Que, aliás, foi muito satisfatória. Continue colaborando conosco, senhor Ramiro. O senhor não se arrependerá.

No dia seguinte todo o mundo sabia da visita do corretor. No café do seu Luís sucediam-se as discussões e as hipóteses. Uns diziam que se tratava de uma grande cadeia de cemitérios particulares, que estaria comprando túmulos em todo o país; outros achavam que o interesse dos investidores residia, na verdade, na área do estádio: talvez estivessem planejando construir ali um grande *shopping center*. E, finalmente, o Rui del Rio — também conhecido como

Rui Delírio, por causa das ideias malucas — sustentava que o motivo era outro, e insuspeitado:

— Minério — dizia, com ar misterioso. — Pelo preço que querem pagar, só pode ser minério. Eles devem saber de coisas que a gente nem desconfia. Vocês vão ver, quando começarem as escavações.

Também havia aqueles que se manifestavam, indignados, contra a venda de jazigos a um grupo de pessoas anônimas e de outra cidade.

— O cemitério deveria ser nosso — dizia o próprio seu Luís, que raramente se metia nas discussões dos clientes —, para os defuntos de Pau Seco e para mais ninguém.

Quanto a isso, porém, as opiniões não eram unânimes. Para a maioria, dinheiro era dinheiro, não importando de onde viesse. Talvez por causa desse raciocínio, o doutor Ramiro não teve dificuldade em recomprar todos os jazigos que havia vendido. Todos, não: o velho Pedro, torcedor ferrenho do Pau Seco, relutou muito em vender os seus dois túmulos.

— De que me adianta o dinheiro? — ponderava, triste. — Já estou para morrer mesmo. A única esperança que me restava era ser enterrado junto com minha mulher, num lugar bonito e sem dar trabalho à família. Agora vêm esses tais de investidores e fazem ofertas. Tudo bem, é uma boa grana, mas... onde vamos aguardar o dia do Juízo Final?

Argumento de peso, mas o doutor Ramiro conseguiu convencê-lo, prometendo-lhe um lugar na reserva técnica do cemitério:

— Com a grana, Pedro, vocês terão um mausoléu de fazer inveja a toda a cidade.

— Você garante? — Pedro, esperançoso.

— Claro que garanto. E mais: dou por escrito.

— Então está fechado o negócio.

De maneira geral, estavam todos satisfeitos com aquele súbito interesse de forasteiros pelo cemitério de Pau Seco. Mas havia quem continuasse intrigado. O jornalista Abelardo, por exemplo.

— Aí tem coisa — disse a João Magro e a João Gordo. — O meu instinto não engana: aí tem coisa. E eu vou atrás.

Farejando uma matéria sensacional — capaz de interessar até mesmo a grande imprensa do país —, ele foi até a capital atrás do corretor. Conseguiu localizar o escritório, mas não falou com o homem: não queria despertar suspeitas. Preferiu colher informações com gente da área.

Para sua decepção, não descobriu grande coisa. O corretor, um homem chamado Fernandes, trabalhava há muitos anos na compra e venda de papéis e ações. Nunca se envolvera em complicação nenhuma, ainda que não fosse considerado particularmente honesto. Um amigo de Abelardo, também jornalista, sugeriu que Fernandes talvez estivesse funcionando como testa-de-ferro para alguma empresa. Mesmo assim a operação, em termos de especulação ou mesmo de negociata, era café pequeno, nada capaz de empolgar o país, de dar manchetes em jornais ou grandes reportagens na tevê. Abelardo voltou decepcionado. Aguardava-o, contudo, uma notícia interessante: Libório recebera uma nova ligação de Rubinho para o pai. Imediatamente foi até lá para obter mais detalhes. Relutante, pois não gostava de jornalistas e detestara o que a rádio havia feito com Rubinho, Libório não quis falar muito sobre o assunto. Disse apenas que achava que Rubinho estava ligando de longe, talvez até do exterior:

— Lá pelas tantas ouvi alguém falando numa língua arrevesada.

Do exterior? Rubinho estava ligando do exterior? Mas de onde? A história estava cada vez mais complicada e intrigante. Abelardo criou coragem e foi falar com o próprio Manuelzão, garantindo que o fazia pelo bem do rapaz:

— Tudo o que eu quero é ajudar o senhor a encontrar o Rubinho, acredite.

Mas não havia muito o que Manuelzão pudesse acrescentar ao que o jornalista já sabia. Sim, o filho continuava ligando, a cada dez, quinze dias, sempre para dizer que estava bem, que não se preocupassem. Quando lhe perguntavam onde estava e o que fazia, a resposta era a mesma de sempre:

— Por enquanto não posso dizer. Daqui a uns tempos vocês vão descobrir.

Tem uma grande história aí, repetia Abelardo para os companheiros de redação.

— E eu ainda vou descobrir que história é. Vamos ficar famosos, vocês verão.

Quem também recebeu com estranheza e desconfiança a notícia da compra dos jazigos pelo corretor foi Maria Aparecida.

A viúva de Bugio continuava morando, sozinha, em Pau Seco. A filha Isabel, que permanecia em Rio Vermelho cursando faculdade, insistia com a mãe para que voltasse. Ela recusava. Achava que tinha uma obrigação para com o falecido marido:

A COLINA DOS SUSPIROS

— Se saio daqui, esta corja destrói o túmulo do Bugio no dia seguinte.

Até aquele instante Maria Aparecida tinha tratado a questão do túmulo com a diretoria do Pau Seco. Difícil, mas os homens pelo menos a respeitavam. Agora, se misteriosos investidores entravam na jogada, tudo poderia ficar mais complicado.

Maria Aparecida não hesitou: foi imediatamente falar com o doutor Ramiro. Irrompeu escritório adentro fazendo ameaças:

— Eu não quero que toquem no túmulo do meu marido, ouviu, seu Ramiro? Façam qualquer coisa, vendam aquela merda toda, mas não toquem naquele túmulo — ou vocês vão se arrepender, vocês e aqueles tais de investidores!

A custo o doutor Ramiro conseguiu acalmá-la. Garantiu que o túmulo seria preservado, que nada seria modificado:

— Tudo o que eles fizeram foi comprar jazigos. Verdade que são muitos jazigos, mas —

— E se eles comprarem todos os jazigos? — interrompeu Maria Aparecida. — Hein, seu Ramiro? Se eles comprarem todos os jazigos? Aí vão mandar no cemitério, não vão?

O doutor Ramiro não teve o que responder. Maria Aparecida estava certa. De acordo com o regulamento, a Pirâmide do Eterno Repouso funcionava como uma espécie de condomínio, o "condomínio dos defuntos", segundo o irônico Abelardo. Os proprietários de jazigos tinham voz e voto nas assembleias, realizadas anualmente. Nada impedia que decidissem modificar o desenho do local. E, se quisessem mexer no túmulo de Bugio — que em princípio estava fora do projeto —, estaria criado um problema.

Um problema que o doutor Ramiro de imediato decidiu empurrar com a barriga (e barriga não lhe faltava, bom garfo que era). Prometeu a Maria Aparecida que estudaria a questão com toda a seriedade, que estaria ao lado dela em quaisquer circunstâncias — afinal, Pau Seco tinha para com Bugio uma dívida de gratidão, uma dívida que ele, Ramiro, encampava. Mas então cometeu um erro. Levado pela própria retórica, formulou a proposta que estava sempre engatilhada em sua cabeça, e que até aquele momento não ousara fazer:

— Em último caso, a senhora sabe, sempre pode contar com o cemitério da cidade. Está lotado, mas para os amigos é possível abrir uma —

— Nem fale nisso! — berrou Maria Aparecida, furiosa. — Eu já disse mais de uma vez e vou repetir: meu marido só sai daquele túmulo no dia do Juízo Final, quando Deus julgar os mortos e os vivos, incluindo os muito vivos, como o senhor!

Saiu batendo a porta. Chegou em casa alteradíssima. Felizmente, a filha, que estava passando uns dias com ela, conseguiu acalmá-la:

— Não se altere, mamãe, tudo se resolverá, você vai ver.

À medida que o tempo passava, Isabel funcionava cada vez mais como a ponderada, a apaziguadora. Coisa que a própria Maria Aparecida reconhecia:

— Minha filha é adulta. Eu é que sou a infantil.

Não que Isabel estivesse tranquila com aquela coisa do cemitério. Pelo contrário, acompanhava toda essa história com apreensão. Mas o que mais a impressionava — um detalhe que para a mãe parecia inteiramente secundário — era o desaparecimento de Rubinho. Na verdade, ela pouco conhecia o rapaz, mesmo porque seu interesse por futebol era quase nenhum. Mas tinha, dele, uma foto recortada de jornal, que volta e meia olhava. Estudante de psicologia, o que via ali era, não um jogador arrogante como vários que seu pai lhe apresentara, mas um menino pateticamente desamparado, quem sabe perturbado emocionalmente. Sentia pena de Rubinho e, como todos, perguntava-se onde estaria agora. Sabia dos telefonemas que o rapaz dera à família, mas aquilo não esclarecia o mistério; mesmo que ele estivesse bem, como se dizia — estava bem, onde? Sob um viaduto, numa grande cidade? Ou internado num hospital psiquiátrico?

Havia outra razão para essas inquietações. Isabel suspeitava de um nexo entre o sumiço de Rubinho e o súbito interesse de investidores misteriosos pelo estádio do Pau Seco — pelo local onde estava o túmulo do pai. Que nexo era esse, não saberia dizer. Mas a coincidência entre os dois fatos deixava-a intrigada. Diferente de Abelardo, porém, não poderia se pôr a campo para investigar: tinha coisas mais imediatas em que pensar. Precisava cuidar da mãe, por cuja saúde temia. E precisava cuidar de sua própria vida — para pagar os estudos, trabalhava como bibliotecária na faculdade, o que representava uma sobrecarga.

Quatro meses depois o corretor voltou a Pau Seco. De novo vinha com a maleta, de novo procurou o doutor Ramiro. Agora queria comprar mais duzentos e cinquenta jazigos. Àquela altura, o doutor Ramiro já estava convencido de um milagre. Um milagre, contudo, que breve deveria acabar.

— Restam só cento e oitenta jazigos — avisou, depois de contar o dinheiro. E apressou-se a acrescentar: — É claro que isso é o que consta no projeto registrado na prefeitura. Mas esse mesmo projeto pode ser aumentado. Teoricamente, não há limite para a altura da Pirâmide, o plano diretor do município nada diz a respeito. Portanto, se os seus investidores quiserem —

— Meus investidores acham que está bem assim — interrompeu o corretor, sorridente. — Provavelmente eles comprarão o resto dos jazigos — e aí, de acordo com o regulamento, dirão o que querem que se faça no local.

— Mas então vão fazer modificações? — perguntou o doutor Ramiro, cada vez mais intrigado, e agora preocupado.

O sorriso desapareceu do rosto do corretor. Evidentemente achava que as perguntas estavam se tornando excessivas.

— No momento oportuno isso será discutido. Agora, me dê o recibo, por favor. — Recebeu o papel, guardou na pasta, despediu-se e se foi, deixando o doutor Ramiro mais perplexo do que nunca.

Dias depois Libório recebeu um novo telefonema de Rubinho. O rapaz pediu que chamassem Manuelzão e, enquanto iam em busca dele, Libório resolveu puxar conversa com o garoto. Quis saber onde estava, o que fazia, perguntas ao que Rubinho respondia com evasivas ou não respondia.

— Mas você não está passando fome, está? — perguntou Libório, tentando jogar verde.

— Passando fome? — do outro lado da linha Rubinho riu, um riso que a Libório pareceu amargo, ressentido. — Não, não estou passando fome. Pelo contrário, estou ganhando um bom dinheiro.

— Então você podia ajudar a sua família — lembrou Libório. — Sua gente não vive folgada, você sabe.

Uma pausa. Evidentemente Rubinho não gostara daquela intromissão em seus assuntos pessoais.

— Vou ajudar a minha família — disse, seco. — Não se preocupe. Quando chegar a hora, eles receberão minha ajuda.

Nesse momento chegava Manuelzão, esbaforido. Embora a distância entre as duas casas fosse curta, ele viera correndo, o que, para um cardíaco, não era a melhor coisa. Conversou algum tempo com Rubinho, principalmente sobre ele mesmo, a mãe, o irmão, e, por fim, desligou.

— Onde é que ele está? — quis saber Libório.

Manuelzão olhou-o, perplexo:

— Pois não sei, seu Libório. Não sei onde o Rubinho está. Ele não disse. Só disse que está muito bem, que eu não preciso me preocupar. Logo, logo, ele voltará para nos ver. Ah, sim, e que vai ligar de novo na semana que vem.

Tudo aquilo era muito estranho, foi o que disseram as pessoas que ficaram sabendo da conversa — e muitas pessoas ficaram sabendo, porque Libório não era de guardar segredo. Mais estranha ainda foi a visita que ele recebeu uns dias depois. Tarde da noite bateram à porta de sua casa: pancadas fortes, enérgicas. Assustado — Pau Seco não era uma cidade violenta, mas tinha a sua cota de assaltos —, Libório agarrou uma faca de cozinha e espiou pela janela da frente.

Havia um carro parado diante da casa, um carro sem placas e com vidros fumê. Dele saíra o homem que agora batia à porta: um tipo estranho, usando capa impermeável e chapéu e segurando uma pasta. Pela janelinha da porta Libório perguntou o que ele queria.

— Fui enviado pelo coronel Chico Pedro — respondeu o homem. — Abra, por favor. Tenho um assunto muito importante a tratar.

À menção do nome do coronel, Libório não hesitou e abriu a porta. O homem entrou e, sem mais delongas, foi logo perguntando se era verdade que o dono da casa tinha recebido um telefonema de um tal de Rubinho.

— Sim, recebi — disse Libório, que não estava entendendo nada.

— Não foi a primeira vez que ele ligou, imagino.

— Não, não foi.

— E nem será a última.

— Acho que não. O senhor vê, a minha casa é a única, nestas redondezas, que tem telefone. Para ligar para o Manuelzão o Rubinho tem de usar o meu número.

O homem parecia satisfeito com aquelas informações, como se elas viessem ao encontro de seus propósitos:

— Ótimo. O senhor sabe quando ele ligará de novo?

— Na semana que vem. Pelo menos foi o que o Manuelzão disse.

O homem pensou um pouco.

— Neste caso, tenho um negócio a lhe propor. Um negócio que lhe dará um bom dinheirinho.

Para provar que não estava mentindo, sacou do bolso um maço de notas. Os olhos de Libório brilharam: fazia tempo que não via tanto dinheiro.

— E o que eu tenho de fazer?

— Nada — respondeu o homem. — Ou melhor, tem de fazer uma coisa, sim: tem de ficar absolutamente calado sobre esta nossa conversa.

E acrescentou, num tom claramente ameaçador:

— É conselho de amigo. Falando, você pode se incomodar. Está claro?

— Mais do que claro — apressou-se a dizer Libório.

— Bom — disse o homem. — Vamos às providências práticas.

Abriu a pasta, sacou de lá um pequeno aparelho com fios.

— Isto aqui, colocado no telefone, fará o serviço.

— O que é isso? — quis saber Libório.

O homem olhou-o, fixo, e disse:

— A partir de agora, meu amigo, você não pergunta mais nada. Você só responde. E responde quando eu perguntar. Está claro?

— Está — murmurou Libório, percebendo de repente que estava metido em algo muito, muito estranho.

As vendas de jazigos trouxeram certa euforia à direção do Pau Seco. Com o dinheiro repassado pelo doutor Ramiro conseguiram pagar algumas dívidas e botar em dia o salário dos jogadores. Mas isso não foi suficiente para afastar o baixo-astral que, como uma nuvem espessa, baixara sobre a torcida. Claro que havia razões para tal. Em primeiro lugar o Pau Seco estava sem estádio. Bento de Oliveira Machado, magnânimo, cedia o campo do União e Vitória, mas aquilo não resolvia o problema.

— Nós precisamos de um estádio, dizia Sezefredo, como uma família precisa de casa. Mas a quem recorrer? O coronel não queria recebê-los, outros empresários diziam que não botariam dinheiro num clube falido.

Qual a solução? Antão nutria uma esperança: encontrar um substituto para Rubinho, um jogador prodígio que levantasse o moral do time. Improvável, mas ele não desistia. Pegava o carro e andava pela cidade e por outras cidades da região. Onde houvesse um grupo jogando em terreno baldio, lá estava ele, observando, fotografando, anotando nomes. Mas era um empreendimento condenado de antemão ao fracasso. Não apenas não conseguiu jogador nenhum, como acabou levando uma surra. Em Quatro Estrelas, a dezoito quilômetros de Pau Seco, espalhara-se a história de que ele era um homossexual atrás de rapazinhos, e um pai, indignado, quase o demoliu a socos. Com três costelas quebradas ele foi parar no hospital. "Um mártir de nosso futebol", foi a irônica manchete do jornal no dia seguinte, o que em absoluto incomodava Antão.

— Podem debochar à vontade. Mas eu ainda vou encontrar o sucessor de Rubinho.

E acrescentava:

— Isso se não trouxer de volta o próprio Rubinho.

Um projeto que todos apoiavam. Mas onde andaria o jogador?

Quem acabou descobrindo o paradeiro de Rubinho foi Maria Aparecida.

Um dia ela foi à casa de Libório telefonar. Estranhou o aparelho ligado ao telefone:

— O que é isto aqui, compadre?

O dono da casa tentou desconversar: não é nada, não, é uma secretária eletrônica que estou experimentando. Maria Aparecida não aceitou a explicação:

— Vai me desculpar, compadre, mas esta coisa não tem jeito de secretária eletrônica. Vamos, me diga que negócio é este.

E, como Libório gaguejasse uma confusa explicação, encarou-o firme:

— Você está querendo me enrolar, compadre. Esta joça serve para alguma coisa que eu não sei o que é. Mas você vai me dizer.

Libório gostava de Maria Aparecida. Admirava-a pela coragem, pela persistência; mais que isso, achava que, como mulher, Maria Aparecida ainda era muito desejável, apesar de castigada pelos embates da vida. Aos quarenta e poucos anos, era uma morena bonita, rosto endurecido, mas um bom corpo. Viúvo ele também, e conhecido como conquistador, não perderia a chance de uma aproximação. Por isso se dispôs a contar sobre o aparelho, mas com uma ressalva:

— Isto tem de ficar entre nós, comadre. É um assunto muito sério.

— Você me conhece, compadre. Não sou de trair a confiança dos meus amigos, sou?

Não, não era de trair a confiança dos amigos, ela, e assim Libório abriu o jogo:

— Isso aí é um aparelho para registrar os números dos telefones de onde são feitas as ligações para cá.

— Mas por que você quer saber quem está ligando? — Maria Aparecida, surpresa. — Alguém está lhe fazendo ameaças?

— Não, não é isso — Libório hesitou de novo e terminou contando tudo: o aparelho tinha sido colocado por um detetive particular que trabalhava para o coronel.

— Eu não conheço, mas um vizinho diz que na época da ditadura o homem ficou famoso caçando subversivos.

— E agora virou investigador — murmurou Maria Aparecida. — Faz sentido. Mas isso ainda não explica por que ele está vigiando o seu telefone...

Ela ficou em silêncio uns segundos, a testa franzida. De repente seu rosto se iluminou:

— Claro! Como não pensei nisso? Não é em você que ele está interessado. É no Rubinho. Quer saber de onde o Rubinho está ligando. Para isso serve o aparelho: para registrar as ligações de fora. O coronel quer saber onde anda o rapaz. Provavelmente para ir atrás dele.

— Eu achei mesmo que era isso — disse Libório. — Mas, como não tenho nada a ver com o assunto...

— É uma sacanagem — protestou Maria Aparecida. — O coronel se julga dono do garoto, Libório. Por causa daquele tal de contrato, né? E, como é dono, quer controlar a vida do rapaz. É sacanagem, sim. Eu, no seu lugar, não me prestaria para uma coisa dessas.

O argumento era de peso, mas Libório não se deixaria vencer. Optou por dar o troco:

— Falando em sacanagem, comadre, será que no fundo você não está querendo sacanear o Pau Seco? Veja: se o coronel trouxer de volta o Rubinho, quem ganha é o clube. Se não conseguir, quem perde é esse mesmo clube.

— Mas o que é isso, compadre? — Maria Aparecida, ultrajada. — Eu, querendo sacanear o Pau Seco? E por que eu faria isso?

A COLINA DOS SUSPIROS

— Por causa do túmulo do seu marido, comadre. Você nunca engoliu essa história direito. Você já está é cheia dessa história do Pau Seco e do coronel.

Ela ficou em silêncio um instante, muito séria.

— Pode ser, compadre — disse, por fim. — Pode ser. Mas, sacanagem por sacanagem, a do coronel é maior.

Agarrou-lhe o braço, olhou-o bem nos olhos e disse, num tom cúmplice:

— Deixe o aparelho aí. Quando o Rubinho ligar, anote o número e tire os fios do telefone. Agora, não dê o número ao tal do detetive, ouviu? Diga que o aparelho não funcionou direito, invente qualquer coisa.

— E o que vamos fazer com o tal número, comadre?

— O que *vamos* fazer? — ela sorriu, irônica. — Não *vamos* fazer nada. Você não precisa se envolver. *Eu* vou fazer. Vou descobrir onde está o Rubinho, compadre.

— Mas para quê?

— Para usar essa informação, meu querido Libório. Para trocá-la por uma chave.

— Qual chave?

— A chave do cadeado que está no túmulo do Bugio. Não precisarei mais pedir licença para visitar a sepultura do meu falecido marido.

Então era aquilo. Depois de muito tempo, Maria Aparecida tinha enfim alguma coisa para usar contra o Pau Seco e o coronel. Libório estava admirado: nunca pensara que Maria Aparecida pudesse ser tão astuta. Contudo ainda hesitava: desafiar o coronel era algo que ele normalmente não se atreveria a fazer. O sorriso aliciante, promissor, que ela lhe dirigia decidiu tudo.

— Conte comigo, Maria Aparecida. E apareça mais tarde para tomar um traguinho com seu amigo aqui.

Dois dias depois o corretor voltou à cidade. Como de costume, seguiu direto para o escritório do doutor Ramiro. Entrou e foi logo anunciando:

— Prepare o recibo, seu Ramiro. Meus clientes vão lhe comprar o resto dos jazigos.

O doutor Ramiro chegou a estremecer. Nesse momento estava se realizando aquilo que, mesmo no mais otimista dos sonhos, ele jamais esperara: a venda de toda a Pirâmide do Eterno Repouso. Deveria estar feliz, realizado — mas não era isso que acontecia. Ao contrário, enquanto preparava o recibo, sentia-se inquieto, apreensivo. E não pôde deixar de perguntar:

— O que os seus clientes vão fazer agora, que são donos de tudo?

O corretor riu.

— O senhor não consegue conter a curiosidade, hein? Está certo, é normal. Mas não se inquiete: dentro de alguns dias o senhor terá a resposta. O senhor e toda a cidade.

O doutor Ramiro não se dava por satisfeito:

— E as obras? O que eu faço com as obras?

— Ah, sim, foi bom falar nisso. Meus clientes querem que o senhor pare as obras.

— Parar as obras? Por completo?

— Isso. Vamos passar por um período de reformulação, entende? De modo que é melhor não mexer em nada.

Fechou a pasta, levantou-se. O doutor Ramiro ainda tinha uma pergunta — na verdade, a última tentativa de descobrir algo:

— Posso anunciar à imprensa que a Pirâmide do Eterno Repouso foi totalmente vendida?

O corretor pensou um pouco e respondeu:

— Pode, sim. Ela foi vendida, não foi? Então pode anunciar.

— E se me pedirem mais detalhes?

O corretor soltou uma gargalhada.

— O senhor não desiste, hein? Está bem: diga que novidades vêm aí. Grandes novidades. Quem viver, verá.

No dia seguinte Rubinho ligou. Como tinha prometido a Maria Aparecida, Libório anotou o número e em seguida desconectou do telefone o aparelho registrador de chamadas. Aguardou que Manuelzão viesse e falasse, o que levou algum tempo. Então, impaciente, correu para a casa de Maria Aparecida com o papelzinho.

— Está aqui o número que você queria.

— Você é um anjo, Libório — disse, beijando-o no rosto.

— E é só isso que eu ganho? — reclamou ele, mas Maria Aparecida nem ouviu: estava saindo.

Papel na mão, foi até a agência telefônica. Perguntou à funcionária a que lugar correspondia aquele código. A moça olhou-o e franziu a testa:

— Para dizer a verdade, não tenho a mínima ideia. Mas posso descobrir.

Apanhou o guia telefônico, consultou-o longamente, enquanto Maria Aparecida, tamborilando os dedos sobre o balcão, aguardava, impaciente.

— Não admira que fosse tão difícil achar este código — disse a moça, finalmente. — Está aqui: é da cidade de Riad, na Arábia Saudita.

Riad, Arábia Saudita? Quem imaginaria o Rubinho num lugar tão distante? Em Pau Seco, ninguém, certamente. O que estaria o rapaz fazendo na Arábia Saudita? E como teria chegado lá?

Essas foram as perguntas que Maria Aparecida fez à filha, quando ela veio visitá-la uns dias depois. Àquela altura, ela já tinha contado a Manuelzão e Catarina, que se haviam mostrado igualmente surpresos. Sim, imaginavam que Rubinho estava longe. Mas, Arábia Saudita! Não tinham a menor ideia do que estaria fazendo lá.

Isabel matou a charada:

— Ele está jogando futebol!

Mais informada que a mãe, ela sabia que jogadores brasileiros estavam sendo contratados para jogar no exterior. E mais: que estavam ganhando muito dinheiro. A questão era: como havia ele chegado lá? E por que insistia em guardar segredo, não contando nem mesmo aos pais sobre seu paradeiro?

Em poucos dias teriam a resposta.

Uma semana depois, um luxuoso carro com placa da capital parou diante da casa de Manuelzão, na vila. Dele desceram duas pessoas: um homem de terno e gravata, carregando uma pasta, e um rapaz de longos cabelos e grandes bigodes, usando óculos es-

A COLINA DOS SUSPIROS

curos e vestindo elegantes roupas esportivas — caríssimo blusão de náilon, calças *jeans* americanas, belos mocassins. Manuelzão, que vira o carro chegar, abriu a porta, surpreso e desconfiado:

— Procuram alguém?

O rapaz riu. E, ao olhá-lo, Manuelzão quase caiu para trás:

— Rubinho! Rubinho, meu filho!

Era ele, era o Rubinho. A mãe e os irmãos vieram correndo lá de dentro, e todos se abraçaram, rindo e chorando. Quando, finalmente, se acalmaram, Manuelzão perguntou como estavam as coisas em Riad. Foi a vez de Rubinho se admirar:

— Como é que você descobriu onde eu estava? Manuelzão riu.

— A Maria Aparecida descobriu para nós. Mas fale: como é que chegou tão longe, meu filho, você que nunca saiu de Pau Seco? E o que está fazendo naquelas lonjuras?

— É uma história comprida, já vou contar. Mas antes quero lhe apresentar o meu amigo Fernandes. Ele é corretor de valores...

— Corretor de valores? O que é isso? — Manuelzão olhava, surpreso e desconfiado, para o homem.

— Lida com dinheiro, pai. E veio para me ajudar num negócio que tenho aqui.

— Negócio? — agora, sim, Manuelzão não entendia mais nada. — Que negócio você tem aqui?

— Você já vai ver — respondeu Rubinho. E para Catarina: — Escute, mãe, já que o meu pai não toma a iniciativa, quem sabe você nos convida a entrar?

— Claro — disse Catarina, que não cessava de admirar o filho. — Entrem, por favor.

109

Entraram, sentaram, e aí finalmente Rubinho contou o que tinha acontecido, voltando a uma fatídica noite, um ano antes.

Como muitos, ele ouve pelo rádio a transmissão do programa especial, batizado de "Encontro no limbo". Em lágrimas, desesperado com o ridículo pelo qual está passando, sai de casa. Durante horas vagueia sem destino. Vai para uma estrada que leva para a capital. Um ônibus passa, ele faz sinal e sobe. Chega a uma grande cidade, onde não conhece ninguém. Sem dinheiro, sem um local para morar, passa um período difícil, dormindo nas ruas, comendo de vez em quando. Um dia vê uma placa diante de um edifício em construção: "Precisa-se de auxiliar de pedreiro". Procura o mestre. É tão visível a sua angústia que o homem se apieda dele, e até o deixa morar na construção. Aos poucos, vai se acostumando com a nova vida. O trabalho não é muito diferente do que está habituado a fazer: carregar tijolos e cimento, ajudar o pedreiro. E, tal como em muitas outras obras, no intervalo do almoço os operários batem uma bolinha. De futebol, porém, ele não quer mais saber. Contenta-se em olhar, apesar dos repetidos e insistentes convites: Vem, cara, vem jogar com a gente. Finalmente, um dia não resiste à tentação, e ali está ele, maravilhando os companheiros com seu espantoso domínio de bola. A notícia espalha-se rapidamente e um dia aparece no local o olheiro de um pequeno time de futebol. Depois de argumentar muito, o homem consegue convencê-lo e o leva para treinar num estádio. E então a sorte intervém. Nesse dia está visitando o estádio um empresário internacional, que veio ao Brasil para buscar jogadores jovens. Você quer ir para a Arábia Saudita?, pergunta o homem. Ele não sabe onde é, mas sabe que quer ficar bem longe de Pau Seco: Arábia Saudita ou qualquer outro lugar, tanto faz. No mês seguinte Rubinho está em Riad, contratado por um salário milionário, que incluíra um polpudo adiantamento.

Ele faz uma única exigência: quer que sua identidade seja mantida, o máximo possível, em segredo. Seu nome muda. No noticiário ele agora é Ruby e a versão corrente é de que veio do México, coisa que ele não desmente. Muda também a aparência física: deixa crescer os cabelos e o bigode, usa sempre vistosos óculos escuros e roupas caras. Ou seja: o passado ficou para trás.

A essa altura, a notícia da chegada de Rubinho se espalhara. A casa estava cheia: Libório estava ali, naturalmente, Maria Aparecida também, os amigos e vários jogadores do Pau Seco. Muita gente continuava chegando: à porta da casa havia já uma pequena multidão, todos querendo ver o rapaz humilde que vencera na Arábia Saudita.

Um carro chegou, buzinando; eram os quatro diretores do Pau Seco. Olhados com deboche pelas pessoas que estavam ali, eles conseguiram, com muita dificuldade, entrar na casa. Como todos, surpreenderam-se com a elegância do jogador.

— Bem-vindo, Rubinho! — exclamou Antão, jubiloso e muito respeitoso. — Enfim, você voltou! Que alegria, rapaz!

Rubinho olhava-o, em silêncio, o que deixou Antão embaraçado.

— Veio ver a família? — perguntou.

— Vim ver a família — confirmou Rubinho, no mesmo tom seco. Uma pausa, e acrescentou: — E vim também acertar umas contas.

Sim, era de desforra que se tratava. Durante muito tempo, em Riad, Rubinho remoera a mágoa pelo vexame que o haviam feito passar. Aquilo já lhe envenenara a alma, e houve um momento em que começou a prejudicar o seu futebol, que tinha chegado a um nível excelente.

O técnico queixou-se ao empresário brasileiro, que, preocupado, perguntou a Rubinho o que estava acontecendo. Depois de vacilar um pouco, o rapaz contou-lhe tudo: a história da Pirâmide do Eterno Repouso, do túmulo de Bugio, do vexame pelo qual tinha passado. O empresário achou tudo aquilo fantástico, mas, muito esperto, viu ali a oportunidade de matar dois coelhos com uma só cajadada. Disse que Rubinho tinha de ir à forra:

— Você precisa dar o troco para aquela gente, garoto. Caso contrário vai ficar com essa coisa sempre atravessada. Isso vai acabar lhe prejudicando.

Sim, vontade tinha Rubinho de dar o troco — para tia Inácia, para o técnico que gravara a conversa, para o radialista, mas principalmente para a diretoria do Pau Seco. Aqueles eram os grandes safados.

O problema era: como fazê-lo? Era a pergunta que o astuto empresário esperava. Como quem não queria nada, deu sua sugestão:

— Você está ganhando muito dinheiro, Rubinho. Faça uma coisa: compre todos os jazigos daquela tal de Pirâmide do Eterno Repouso.

Comprar os jazigos? Rubinho não estava entendendo. Para que quereria jazigos, ele, que detestava qualquer coisa relacionada à morte e defunto?

O empresário riu:

— Não são os jazigos que interessam, Rubinho. É o estádio. Comprando todos os jazigos você fica dono do estádio. A Pirâmide nunca existiu e nunca existirá.

E concluiu:

— Entendeu? Se você é o dono do estádio, o clube estará aos seus pés. Eles passarão a depender de você.

Sim, aquilo fazia sentido. Poderia ser uma boa vingança. Mas ainda havia um problema. Ninguém, em Pau Seco — nem mesmo a família — sabia onde Rubinho estava. Ele decidira manter em segredo, ao menos por enquanto, o seu paradeiro. Como poderia, então, comprar os tais jazigos?

Essa era outra pergunta que o empresário aguardava. Nesse meio tempo, ele já fizera contato com o corretor, seu amigo, já lhe pedira que intermediasse a compra dos jazigos e, mais importante, já combinara dividir a comissão que Rubinho pagaria, e que não seria pequena.

— Eu tenho a solução — disse, sorridente.

Expôs a ideia a Rubinho, que a achou muito boa, e deu de imediato a sua concordância. O empresário telefonou imediatamente para o amigo:

— Está no papo. Pode tocar.

O corretor saiu-se muito bem na missão. Primeiro, investigou toda a história da Pirâmide do Eterno Repouso. Constatou que o preço dos jazigos estava muito baixo; com apenas uma parte do adiantamento que ele recebera, Rubinho poderia comprar todos. A operação, contudo, foi feita em etapas, para não despertar muitas suspeitas. O corretor embolsou um dinheiro, o empresário também — e Rubinho, o garoto humilde que tremia diante de túmulos, tornara-se o único proprietário da Pirâmide do Eterno Repouso. Ou seja, do estádio do Pau Seco.

"Regressa o herói de Pau Seco", foi a manchete do jornal no dia seguinte. Numa linguagem barroca, recheada de expressões de admiração, Abelardo descrevia a trajetória de Rubinho ("O brasileiro que encanta os árabes como Scheherazade encantou o sultão") e seu triunfal regresso ("Como Napoleão regressando do exílio").

A entrevista na rádio foi outra coisa. Obviamente o apresentador perguntou sobre as experiências de Rubinho na Arábia Saudita: ("Você já andou de camelo?", "Os xeques gostam de você?", e coisas do gênero, mas o que ele queria mesmo era saber sobre a Pirâmide do Eterno Repouso. Em primeiro lugar, se era verdade que Rubinho, por intermédio de um corretor, tinha comprado todos os jazigos. Aí ele foi insistente.

— É verdade — foi a seca resposta.

— Mas não é para seu uso pessoal ou para uso de sua família...

— Não.

— Para distribuir entre amigos, talvez? Tipo brinde?

— Não.

— Mas então é um investimento. Você quer revender os jazigos, quem sabe com lucro...

— Não, não quero vender nada.

O radialista não escondia a sua surpresa:

— Mas então... o que vai ser feito da Pirâmide do Eterno Repouso? Do estádio do Pau Seco?

— Nada.

— Nada? Quer dizer: aquilo vai ficar abandonado, o mato invadindo tudo?

— É — Rubinho, no estúdio da emissora, imóvel, o rosto sem nenhuma expressão.

Fez-se uma pausa. Por toda a cidade, não se ouvia um único ruído: nenhum carro passava, não havia ninguém na rua. Toda a população estava colada no rádio, ouvindo a entrevista. Cônscio de sua importância, o radialista resolveu aventurar:

— Presumo, amigo Rubinho, que essa atitude tenha uma motivação. Acho que você quer submeter o Pau Seco à mesma humilhação pela qual você passou.

— Você pode achar o que quiser — Rubinho, agora francamente grosseiro. — Não tenho de lhe dar explicações.

Levantou-se e saiu. Mas não foi para a casa dos pais. Junto com o corretor seguiu de carro para Rio Vermelho, a uns vinte quilômetros dali, onde se hospedou no melhor hotel, deixando ordens na portaria para não ser incomodado.

A entrevista de Rubinho provocou verdadeira comoção na cidade. No café do seu Luís não se falava de outra coisa. Em primeiro lugar não havia quem não estivesse surpreso com a meteórica trajetória do jovem jogador, que passara subitamente de uma situação deplorável para a categoria de astro super bem-pago do futebol.

Isso todos aplaudiam. Mas havia aquela estranha história da compra dos jazigos perpétuos. Alguns reconheciam que Rubinho tinha razões de sobra para se queixar da diretoria do Pau Seco. Só que a reação dele parecia meio despropositada.

— Eu sempre achei que ele não regulava bem — garantia o gerente do banco. — Aquela coisa de ver o Bugio saindo do túmulo já era prova disso.

Outros estavam indignados. Achavam que o jogador estava se desforrando não do clube ou da diretoria do clube, mas da cidade. Deixar que o estádio se transformasse numa ruína coberta de mato parecia-lhes uma vingança desproporcional à afronta que sofrera. Mesmo porque nem todos achavam que havia sido afronta.

— Eu só queria ajudá-lo — justificava-se Ranulfo. — É verdade, montei uma encenação, mas qual era o objetivo? Era simplesmente fazer com que ele vencesse o seu medo.

Os outros diretores podiam até concordar, em solidariedade ao colega, mas estavam arrasados. Numa reunião de urgência discutiram longamente o assunto; decidiram constituir uma comissão de notáveis para procurar Rubinho e tentar dissuadi-lo de seu propósito. E aí — novo problema.

A comissão de notáveis teria, naturalmente, de contar com o apoio do coronel. Afinal ele dera a maior força a Rubinho, oferecera-lhe o seu primeiro contrato, e até o presenteara com uma bola de estimação. Se alguém tinha condições de pedir qualquer coisa, ou mesmo de fazer exigências, era o coronel.

Só que o velho fazendeiro não queria sequer falar do assunto. Obviamente estava ofendido. Mas também havia, para ele, um componente embaraçoso na história. Todos já sabiam que havia contratado um detetive para descobrir o paradeiro de Rubinho, pois Libório se encarregara de espalhar a história assim que o jogador reaparecera, e todos sabiam do rotundo fracasso dessa empreitada: enganado por Libório, o detetive, que já tinha recebido um adiantamento, optara por desaparecer, deixando o coronel furioso. Não era de admirar, portanto, o silêncio do patrono. Mesmo assim os diretores decidiram tentar, e foram até a fazenda. Viagem inútil: o coronel nem apareceu para vê-los. Quem os recebeu foi Ratão.

— Meu patrão mandou dizer que não quer mais saber de futebol — anunciou, solene. — Pediu que os senhores o esqueçam definitivamente.

Com o quê os diretores mais uma vez deixaram o lugar com o rabo entre as pernas.

Também Manuelzão e Catarina, apesar de satisfeitos com a volta do filho, não estavam felizes com aquela história de vingança. Certo, o rapaz fora humilhado, passara por maus momentos, mas agora não seria o caso de esquecer o episódio? Afinal, Manuelzão era de Pau Seco, criara-se ali, gostava da cidade. O que Rubinho estava fazendo geraria muitas antipatias. Melhor seria um gesto de amizade, de reconciliação. Era o que, como pai, diria a Rubinho, se pudesse. Mas não podia. Diante do filho sentia-se estranhamente intimidado. Rubinho agora era o Ruby, o titular de um contrato milionário, o jogador que voltava para sua cidade num automóvel de luxo e com muito dinheiro no bolso. Ele, Manuelzão, continuava pedreiro aposentado.

Para o hotel em que Rubinho se hospedara, em Rio Vermelho, convergiam legiões de jornalistas, ansiosos por entrevistá-lo. Várias equipes de tevê, vindas da capital, estavam ali. Mas tudo o que podiam fazer era transmitir boletins da frente do hotel: "Num dos apartamentos deste hotel está o protagonista da mais recente história de sucesso do futebol brasileiro, o jovem Rubinel Silva, mais conhecido como Rubinho, ou ainda Ruby...". Rubinho simplesmente se recusava a dar entrevistas.

— Ele disse que está aqui para ver a família e para resolver alguns problemas pessoais — repetia, monotonamente, o encarregado da portaria. — Não quer falar com a imprensa.

Vendo que era inútil insistir, os jornalistas aos poucos deixavam o saguão do hotel. O mesmo faziam os muitos curiosos que queriam conhecer o jogador. Mas havia uma pessoa decidida a falar com Rubinho.

Isabel.

Ela estava preocupada. Não com o futuro do Pau Seco Futebol Clube, nem com o futuro de seu estádio. Estava preocupada com o túmulo do pai. E seu temor era um só: que Rubinho, agora transformado num vingador implacável, mostrasse sua prepotência, proibindo que ela e a mãe visitassem o local.

Uma preocupação que Maria Aparecida partilhava. Ela nada tinha contra Rubinho e até o ajudara no episódio do detetive; achava o garoto simpático, humilde. Mas, pelo jeito, ele havia mudado subitamente. Os receios da filha, portanto, se justificavam. Orgulhosa como era, Maria Aparecida recusava-se a procurar o rapaz:

— Nem morta. O Bugio, lá no céu, vai ter de me perdoar, mas eu não vou pedir penico para o Rubinho. Vá você, Isabel, se quiser.

Isabel foi. Na portaria do hotel ouviu a resposta dada a todos: Rubinho não estava recebendo ninguém. Apenas umas poucas pessoas poderiam falar com ele.

Outra teria desistido. Não Isabel. Da mãe, ela havia herdado a determinação. Queria resolver o assunto do túmulo do pai, e o resolveria. Além disso, tinha certa curiosidade pela figura de Rubinho. Sentira muita pena dele pelo vexame a que fora submetido, mas ficara surpresa com a transformação que ocorrera com o jogador.

Já que não podia passar pela portaria, resolveu tentar um ardil: entrou pelos fundos do hotel. Pretendia bater no apartamento de Rubinho, anunciando-se como arrumadeira e, assim, fazer com que abrisse a porta. Chegou até a tomar o elevador, mas tão logo desceu no andar do jogador, o segurança, um mulato calvo e possante, deteve-lhe o passo:

— Quem está procurando, moça?

E, como Isabel hesitasse em responder, ele logo deduziu:

— Eu sei quem você é. Você é da imprensa! Desapareça daqui!

Agarrando-a, tentou empurrá-la de volta para o elevador. Mas Isabel resistia furiosamente, gritando, me larga, animal, me larga.

A porta de um apartamento se abriu, e alguém pôs a cabeça para fora. Era Rubinho.

— O que está havendo? — perguntou, irritado.

— Esta moça queria ver você — explicou o segurança. — Mas acho que ela é jornalista.

Rubinho olhou-a, a princípio contrariado, mas logo seu rosto se abriu num sorriso.

— Eu conheço você. Você não é a Isabel, a filha do Bugio?

— Você se lembra de mim? — perguntou Isabel, admirada, ainda presa nos braços do segurança.

— Claro que me lembro. Só vi você uma vez, junto com seu pai, mas me lembro perfeitamente. Você está muito bonita, Isabel.

Cumprimento não exagerado: alta, morena, longos cabelos negros, belos olhos escuros, boca bem desenhada, Isabel era realmente uma moça linda.

— E então, seu Rubinho? — quis saber o segurança, meio desconcertado com aquela conversa. — O que o senhor quer que eu faça?

— Pode deixar. Está tudo bem.

Resmungando um "a gente nunca sabe o que esses caras querem", o homem liberou Isabel.

— Entre — convidou Rubinho. — Vamos bater um papo. Aqui no apartamento ninguém nos incomoda.

Em retrospecto, Isabel concluiria, depois, que todas as suas expectativas estavam erradas. Achava que a conversa seria sobre o túmulo do pai — e não foi. Achava que o assunto não tomaria mais que meia hora — mas saiu do hotel com o dia clareando. Mais que isso: saiu dali com a certeza de que tinha feito uma descoberta surpreendente.

A COLINA DOS SUSPIROS

O Rubinho com quem longamente falara — primeiro os dois sentados, muito formais, no fim ele estirado numa cama, ela noutra — era uma pessoa completamente diferente do que imaginara. Vacilante a princípio, num papo que girava sobre trivialidades, ele de súbito começara a falar sobre si mesmo. E aí foi como se uma represa se tivesse rompido e uma torrente, longamente contida, enfim fluísse. O rapaz contou tudo, toda a sua vida. Falou sobre a difícil relação com o pai, sobre sua melancólica passagem pela escola — "todo o mundo me chamava de burro" —, sobre sua paixão pelo futebol — "a única coisa que eu sabia fazer direito" — e sobre sua admiração por Bugio, um batalhador da bola. Descreveu a esperança que o animara quando pela primeira vez encontrara o coronel — "vi nele um pai, Isabel, um verdadeiro pai" — e o nervosismo com que havia pisado o gramado do Pau Seco. E então chegou à história do túmulo e a visão que tivera de Bugio, no estádio, o terror que a alucinação despertara nele — "achei que ia enlouquecer, Isabel, palavra, achei que ia enlouquecer" —, a encenação de tia Inácia — "você sabe que eu acreditei naquilo?" — e a terrível gozação pela qual passara.

— Eu pensei que estava louco. Louco, completamente louco, Isabel. Saí de casa naquela madrugada sem saber o que fazer. Pensei em me matar; juro que pensei em me matar. E aí, estava na estrada, passou o ônibus, fiz sinal, o motorista parou... foi coisa do destino, ele não precisava ter parado, não era obrigação dele, mas acho que teve pena de mim, então parou... e fui para uma cidade que não conhecia, e passei necessidade lá, mas de uma coisa eu tinha certeza: eu não voltaria para Pau Seco, Isabel. De jeito nenhum.

Falava, falava. Ela ouvia, em silêncio. Às vezes ele perguntava coisas: como era ser a filha de um jogador de futebol, como se sentira quando seu pai morrera em plena partida. Isabel respondia, mas sem se estender muito. Se alguém ali precisava se abrir, era ele; não ela.

De madrugada, ela disse que precisava voltar para casa: tinha uma prova naquele dia, ainda precisava estudar um pouco. Ele a fez prometer que voltaria à noite para continuar a conversa.

Voltou, naquela noite, e na outra, e em todas as noites daquela semana. Agora já não precisava entrar pelos fundos; passava pela portaria mesmo, sob os olhares ora furibundos ora maliciosos do pessoal da imprensa, que aos poucos ia desistindo, e do hotel. Um dos jornalistas até tentou entrevistá-la, mas ela sem nenhuma dificuldade o afastou.

Por sugestão de Isabel, já não conversavam só no hotel. Saíam para caminhar, aproveitando o fato de que ali, em Rio Vermelho, ele não era muito conhecido — e menos conhecido ficava com os enormes óculos escuros. Quem estava surpreso com aquela história era o corretor; depois de ficar vários dias no hotel sem fazer nada, perguntou a Rubinho se sua presença ali ainda era necessária.

— Acho que não — foi a resposta.

O corretor ainda tinha dúvidas; queria saber se Rubinho decidira o que fazer com os jazigos — e com o estádio do Pau Seco.

— Você vai, mesmo, deixar tudo aquilo abandonado?

A COLINA DOS SUSPIROS

Rubinho não respondeu. Mas seu silêncio era suficiente para demonstrar que algo mudara e que os planos iniciais talvez já não fossem os mesmos. O corretor não quis perguntar a respeito; afinal não era da sua conta. De resto, tendo recebido a sua comissão, nada mais tinha a fazer ali. Despediu-se, pois, do jogador e embarcou naquela manhã mesmo de volta à capital.

Quanto a Rubinho, aparentemente não tinha pressa de partir. Isabel estranhava — afinal, ele assinara um contrato com o clube da Arábia Saudita —, mas sentia que Rubinho ficava em Rio Vermelho por causa dela. Estaria apaixonado?

Claro que estava.

Uma noite, os dois no quarto do hotel, ele tentou abraçá-la. Delicada mas firmemente, ela o impediu:

— Não, Rubinho. Não faça isso, por favor.

— Mas por quê? — a expressão de angústia no rosto dele era de fazer dó. — Você não gosta de mim, Isabel?

— Gosto. Gosto muito. Acho você uma grande pessoa. Mas não amo você.

Contou então que tinha um namorado, que os dois se amavam muito e que pretendiam viver juntos.

Ele não respondeu. Começou a chorar — um chorinho manso, sentido. Ela percebeu — com espanto e alegria — que era um choro que o aliviava, como se nas lágrimas que desciam por seu rosto se escoasse todo o seu sofrimento. Rubinho estava livre: livre da humilhação, livre do ódio.

Parou de chorar, enxugou os olhos:

— Desculpe, Isabel.

— Desculpe por quê, Rubinho?

123

— Eu abusei de sua confiança.

— Por quê? — ela sorriu. — Porque você se apaixonou por mim? E por que é que um grande jogador de futebol, um grande homem, como você é, se apaixonaria por mim? Eu estou feliz, Rubinho, muito feliz. Não dá para ficarmos juntos, é verdade. Mas de alguma maneira estaremos sempre unidos, você não acha?

— Acho — respondeu, com um resignado, mas já tranquilo, suspiro.

Ela o beijou, suavemente, no rosto. E depois foi embora.

No dia seguinte Rubinho voltou a Pau Seco, despediu-se dos pais e depois partiu para o exterior.

Como Roma, Pau Seco foi construída sobre colinas, mas aí termina toda semelhança; Roma é uma cidade muito grande, Pau Seco tem, no máximo, dez mil habitantes. Pau Seco tem pouco a ver com Roma mas tem muito em comum com outras cidadezinhas brasileiras. Por exemplo, na paixão pelo futebol. A cidade tem três times: um, o Laranjal, recentemente fundado, e outros dois mais antigos, o Pau Seco e o União e Vitória. Entre estes dois há uma velha rivalidade; o jogo entre ambos é atração da cidade, o chamado Clássico das Colinas. Isso porque o estádio do União e Vitória fica no alto da Colina de São Pedro e o do Pau Seco, na Colina dos Suspiros.

O estádio do Pau Seco leva o nome de Rubinel Silva, que até há alguns anos foi jogador de futebol e hoje é treinador de um pequeno clube europeu. A homenagem é justa: todos sabem que Rubinel Silva, o Rubinho, ajudou muito o seu antigo time. A maneira

A COLINA DOS SUSPIROS

como o fez se constitui numa história um pouco estranha, envolvendo um projeto chamado Pirâmide do Eterno Repouso e jazigos perpétuos; uma história sobre a qual os pau-sequenses não gostam muito de falar. Depois de reformado, o estádio melhorou muito, tanto na aparência como no conforto; é frequentado por várias pessoas notáveis da cidade: o coronel Chico Pedro, que chegou a ser patrono do time, mas que agora contenta-se em ser simples torcedor, antigos diretores e o Manuelzão, pai de Rubinel Silva e dono de uma grande loja de artigos para a construção civil. Há, sobre o estádio, uma história curiosa: diz-se que numa época estava ali o túmulo de um jogador chamado Bugio, depois transferido para um lugar especial no novo cemitério. Uma pessoa que poderia confirmar isso é Maria Aparecida, viúva do jogador, mas ela já não mora em Pau Seco; mudou-se com o marido, Libório, para Rio Vermelho, onde vive a filha Isabel, respeitada psicóloga, casada com um médico de renome.

Sim, contam-se muitas histórias em Pau Seco. Diz-se que, quando o vento sopra nas árvores que margeiam o estádio, ouvem-se suspiros, os suspiros dos jogadores que ali perderam partidas sem conta. Mas o vento produz, como se sabe, sons estranhos, e aquilo que parece suspiro para uns pode muito bem soar como irônico riso para outros.

Autor e obra

Jogar bem futebol sempre foi um sonho para mim. Nascido em Porto Alegre, eu era, como tantos outros filhos de imigrantes judeus da Rússia, um garoto magrinho e, devo confessar, meio desajeitado. Apesar disso era com entusiasmo que participava das peladas de rua em meu bairro, o Bom Fim. Da janela de nossa pequena casa meus pais ficavam me olhando — e quando eu marcava um gol, o que, como se pode imaginar, acontecia muito raramente, era uma glória, era como se tivesse ganho a Copa do Mundo.

Meu pai também gostava de futebol. Ele era torcedor fanático do Esporte Clube Cruzeiro, um clube com várias peculiaridades, nenhuma delas empolgante. Fundado em 1913, era considerado a terceira força do futebol gaúcho, ao lado do Inter e do Grêmio, mas jamais ganhava um campeonato. O Cruzeiro tinha o poder de levar seus torcedores — dezoito, segundo se dizia — à mais profunda depressão, de lá arrancando-os com alguma vitória surpreendente. Uma vez, por exemplo, depois de um campeonato particularmente fraco, o time fez uma excursão pela Europa e derrotou vários clubes, alguns até famosos. Voltou de lá com o título, autoconferido, de "Leão da Europa". Ou seja: vivíamos em sobressalto. Cheguei ao limiar num ano em que o Cruzeiro lutava para escapar ao último lugar do campeonato. Atrás dele, com um ponto apenas de diferença, só havia um time, o Força e Luz. Enfrentaram-se, e no primeiro tempo o Cruzeiro estava ganhando por três a

127

zero. Terminou perdendo por quatro a três. Nunca mais entrei num estádio de futebol. Aliás, o estádio do Cruzeiro também mudou. Ficava num lugar chamado Colina Melancólica. A denominação não dizia respeito, como pode parecer, à trajetória do clube, mas sim ao fato de que ali estão os principais cemitérios de Porto Alegre. Em meio a uma crise financeira, o Cruzeiro vendeu o local a um dos cemitérios, recebendo parte do pagamento em jazigos perpétuos. Dizem que com esses jazigos comprou passes de jogadores. Vocês já estão vendo que minha ficção imita a realidade.

Acho que o futebol, sobretudo no Brasil, é um grande tema para escritores, sobretudo para aqueles que, como eu, não tiveram muito sucesso no esporte. Eu fiz duas coisas: mudei para o basquete, em que, acredito, me saio melhor (meus companheiros de quadra têm sérias dúvidas a respeito), e me dediquei a escrever. Driblar as palavras ou ser por elas driblado, eis o desafio de todo autor. Os gols são raros, mas, quando acontecem, volto a sentir a emoção do garoto que chutava a bola nas ruas do Bom Fim: é como se eu tivesse conquistado a Copa do Mundo.

Moacyr Scliar

Nota do editor: Moacyr Scliar faleceu em 27 de fevereiro de 2011, em Porto Alegre. Mas continuará para sempre vivo em livros como este.